MALOS MODALES

DUETO DE LOS MALOS MODALES, LIBRO 1

JESSA JAMES

Malos Modales: Copyright © 2020 Por Jessa James

Todos los derechos reservados. Ninguna parte de este libro puede ser reproducida o transmitida en ninguna forma o por ningún medio electrónico, digital o mecánico incluyendo, pero no limitado a fotocopias, grabaciones, escaneos o cualquier tipo de almacenamiento de datos y sistema de recuperación sin el permiso expreso y escrito de la autora.

Publicado por Jessa James
James, Jessa

Malos Modales

Diseño de portada copyright 2019 por BookCoverForYou

Nota del editor:
Este libro fue escrito para una audiencia adulta. El libro puede contener contenido sexual explicito. Las actividades sexuales incluidas en este libro son fantasías estrictamente destinadas a los adultos y cualquier actividad o riesgo realizado por los personajes ficticios de la historia no son aprobados o alentados por la autora o el editor.

PRÓLOGO 1

1997, ESCUELA SECUNDARIA DE REDEMPTION BEACH

*E*stoy cruzando el pasillo de cemento, entre clases, y examino las marcas andrajosas en mis viejas Converse negras escuchando a mi amigo Asher mientras habla sin parar.

—El asunto con mis padres es que tienen mucho dinero, ¡pero son insoportables! —dice Asher—. Ni siquiera me permitieron ir al torneo de debates porque dijeron que no era una buena inversión.

Él voltea los ojos. Ya lo he escuchado antes, pero no siento la necesidad de detenerlo o decírselo. Además, estamos a unos pocos minutos de la clase de matemáticas de la señorita Harper.

Asher siempre se queja de sus padres, y puedo entenderlo, creo. Quiero decir, es algo difícil de escuchar, debido a que mis padres me dejaron con mis dos hermanos menores hace años. Ahora vivimos con mi abuela Jane, quien es amable y nos trata bien, pero está demasiado *mayor*.

Hace tres años, intenté tener mi primera pijamada en la casa de Asher, cuando apenas teníamos once años y prácticamente éramos unos bebés.

Con una única mirada, los padres de Asher decidieron que yo era una mala influencia. Nada, ni las quejas ni los ruegos de mi amigo, pudo hacerlos cambiar de parecer. Cancelaron la pijamada y desde entonces tratan de impedir que estemos juntos cada vez que pueden. Es difícil no odiarlos por eso.

Miro a Asher. Con su franela azul y pantalones chinos cuidadosamente planchados, es todo lo opuesto a mí, con mis jeans anchos y una franela agujereada de Nirvana. También somos diferentes de aspecto. Asher tiene el cabello rubio peinado hacia atrás y yo llevo mi cabello oscuro con crestas. Siempre me veo como un rebelde, mientras que Asher parece un santo.

De hecho, así fue cómo nos hicimos amigos. Asher era el chico nuevo en la escuela y el principal objetivo de los bravucones del patio. En cambio, yo parecía difícil y atrevido, lo cual era más que suficiente para la mayoría de los chicos de la escuela, quienes no querían tener problemas conmigo.

Cierta vez, me interpuse en un conflicto con Asher y me aseguré de que no le hundieran la cabeza en un inodoro, y hemos sido amigos desde entonces.

Asher me da un codazo en un costado.

—¿No crees?

—Ehm... sí. Totalmente —digo, aunque no tengo idea de qué está hablando, pues me he metido en mi mundo, muy adentro.

—Te lo digo, Zoe Waters las tiene más grandes desde las vacaciones de verano —repite Asher.

Giro mis ojos. Lo único que hizo Zoe Waters fue empezar a usar un sujetador. Aparte de eso, es tan plana como el resto de nuestra clase de noveno grado. Créeme, ya lo he notado.

Llegamos al siguiente edificio, y las puertas de vidrio apenas ocultan el hecho de que la horrenda construcción de bloques marrones se come prácticamente la luz del sol. Abro la puerta y la mantengo para Asher. Asher la cruza y se detiene a unos pocos pasos.

—Uf —digo, chocando contra él—. Cuidado, viejo.

Pero Asher solo señala el largo pasillo, alineado en ambos muros con los casilleros y las puertas de los salones. Del otro lado, el señor Smith y la señorita Song, el director y la consejera escolar, caminan directamente hacia nosotros.

Miro a todos lados, preguntándome quién está en problemas. Me pongo nervioso, aunque no he hecho nada recientemente para preocuparme.

—Oye, mejor nos vamos —le susurro a Asher—. Andando. La señorita Harper nos tomará por ausentes, seguro.

Comenzamos a bajar por el pasillo, pero el señor Smith nos ve. Un señor delgado con pantalones negros y una camisa de rayas rosadas y grises nos mira con una expresión intensa. La señorita Song es rubia, linda y bajita y aplaude mientras nos acercamos.

Eso no puede ser buena señal.

Miro a Asher, y él tiene la misma mirada en su rostro que yo, intentando averiguar quién de nosotros está en problemas con el director.

—¿Señor Hart? —dice la señorita Song, con la voz chillona como una ardilla—. ¿Podría venir conmigo un momento? Tengo que hablar con usted.

Siento un hueco en mi estómago. ¿Qué hice mal esta vez? Exprimo mi cerebro, pero no consigo nada.

Asher me mira, conflictuado. Quizás está limpiándose mentalmente el sudor de la frente, porque puede ser que ninguno de nosotros esté en problemas.

—Debería ir a clases, creo —dice Asher.

—Sí. Yo te alcanzo. —Acomodo el bolso sobre mi hombro mientras Asher pasa al lado del señor Smith y la señorita Song.

—Vamos —dice la señorita Song. Me parece escuchar un tono triste en su voz, pero no estoy seguro—. Ven a mi oficina.

Ella se da la vuelta y se mantiene al frente, haciendo sonar sus tacones en el suelo con cada paso. Yo intento pensar de qué se trata todo esto. Había estado en la oficina del director muchas veces, pero nunca en la oficina de la señorita Song.

Cuando llegamos a su oficina, no más grande que un armario, ella me pide que me siente en uno de las butacas naranja en frente de su escritorio.

El señor Smith cierra la puerta detrás de nosotros y me da unas palmadas en el hombro, lo que me hace saltar, por cierto. Lo miro sorprendido.

—Tenemos muy malas noticias, hijo —dice luciendo afligido—. Tu abuela falleció. Ya no está con nosotros.

Quedo boquiabierto. Me siento... raro. Definitivamente pienso "de todas las cosas que me podría haber dicho, nunca hubiera esperado esto".

—¿Quiere decir... que está muerta? —logro decir.

El señor Smith dirige una mirada rápida a la señorita Song y luego asiente hacia mí.

—Sí, me temo que sí. Uno de tus vecinos la encontró. Parece que fue un ataque cardíaco.

Me encorvo un poco.

—¿Qué... qué significa eso para nosotros? Quiero decir, para mí y mis hermanos. ¿Por qué... digo... a dónde iré después de clases?

Mi voz se quiebra con la última palabra. Todo lo que puedo pensar es que tendré que llegar a la puerta de la casa de la abuela Jane y que ella no estará ahí.

Maldición.

—Bueno, hemos contactado al Departamento de Servicios Infantiles —dice la señorita Song, acercándose para ponerme una mano en el hombro.

—¿Qué? ¿Por qué? —pregunto aturdido.

—Te encontrarán un buen lugar donde puedas quedarte esta noche. Y te ayudarán a averiguar cuál será el siguiente paso —agrega el señor Smith.

Lo miro con lágrimas en los ojos.

—¿Ellos son la gente de adopción?

Sé todo sobre adopción. Cuando mi madre nos abandonó, hasta que mi abuela apareció, los tres estuvimos en adopción por unas semanas y en hogares diferentes.

—Sí, exactamente —dice el señor Smith.

—No iré con ellos —aseguro, poniéndome más molesto. Las lágrimas caen y cubren lentamente mi rostro—. No me dejarán estar junto a mis hermanos.

—Debemos ver qué dirán —interrumpe la señorita Song—. Estoy segura de que sabrán qué es lo mejor.

Puedo imaginar a mis hermanos en este momento. Puedo ver a Forest mientras es informado sobre la abuela Jane y que le dirán a Gunnar que iremos a diferentes casas adoptivas. Gunnar es tan pequeño que ni me recordará a mí o a Forest tras unos meses.

Aprieto mis puños y me levanto tan abruptamente que mi silla se cae.

—Oh, Jameson... —lamenta la señorita Song.

—Espera, hijo. —El señor Smith me toma del brazo—. Tienes

que esperar aquí un momento. La gente de Servicios Infantiles vendrá pronto.

Las lágrimas siguen rodando por mi rostro y el moco me sale por la nariz.

—¡No, ustedes no entienden! ¡No puedo entrar en adopción! ¡Necesito a mis hermanos conmigo!

—Hijo...

—¡Púdrete! ¡No me llames así! —grito. Pero a pesar de su edad, el señor Smith es más fuerte que yo y logra pasar sus brazos a mi alrededor para arrastrarme más al interior de la oficina.

—Está bien —dice.

—¡No, no está bien! ¡Usted me acaba de decir que mi abuela está muerta, maldita sea!

Me pongo histérico, lo rasguño, tomando puñados de su camisa rosada y gris, pero él no me suelta y, en cambio, solo repite "está bien" una y otra vez.

Pero sé que no es así.

No está bien.

Mi abuela está muerta. Mis hermanos menores quizás no lo sepan aún, pero la muerte de la abuela será un gran giro en nuestras vidas. Sé que Servicios Infantiles probablemente nos ponga en hogares adoptivos diferentes.

Ya estoy planeando los detalles de cómo escapar y valerme por mi cuenta. No solo yo, junto con mis dos hermanitos. La vida nos ha quitado demasiado y estaría condenado si permito que alguien nos separe.

Así que no, nada está bien. Y no sé si volverá a estarlo.

PRÓLOGO 2

HACE UN AÑO — FIESTA DE COMPROMISO DE ASHER

—Y por eso haremos un brindis, aquí en esta fiesta de compromiso. ¡Por la feliz pareja! —grita Gunnar al grupo reunido en el bar. Me quedo de pie con mi brazo sobre mi prometida Jenna, sonriendo. Mi expresión no es falsa, pero sí algo forzada. Siempre se siente raro ser la persona por la que brindan—. ¡Que tengan una vida larga y feliz!

Todos responden "¡enhorabuena!" o "¡salud!" y levantan sus copas. Levanto mi copa de champaña y hago contacto visual con Jameson, quien anda merodeando en una esquina. Se ve alto y parece melancólico con sus pantalones oscuros y chaqueta de cuero, las prendas que definen su estilo.

Cece, la compañera surfista de turno de Jameson, se bebe toda la champaña de su copa en un trago. Personalmente no puedo aguantar a la rubia oxigenada con complejo de tengo-que-usar-zapatos-aquí, pero cada quien con su opinión.

Jameson inclina su cabeza hacia mí y bebe un poco. Ha sido un verdadero idiota respecto a mi compromiso con Jenna, y por tal razón, el hecho de haber sido invitado esta noche cuenta como un regalo de mi parte.

Bebo mi champaña, apartando la mirada de él. Me pone incómodo tener estos sentimientos por Jameson, quien ha sido mi mejor amigo desde que éramos niños.

—Cariño —dice Jenna, pasándome su copa de champaña, y

recoge una pequeña e imperceptible pelusa de mi camisa blanca, sonriendo—. ¿Podrías traerme otra copa?

—Claro. También debería buscar algo más fuerte para mí.

—Solo asegúrate de no emborracharte. —Estira su minivestido negro y agita su cabello rubio—. No quiero que la gente tenga una mala impresión de ti.

—Dios me libre —añado, girando los ojos.

—¡Hablo en serio! Hay mucha gente hoy, y no solamente son tus sucios amigos.

Me siento algo ofendido, pero al mirar a Jameson y a su novia, no puedo decir nada cuando veo que se están besando y Cece tira de su chaqueta de cuero para bajarlo a su altura. Pronto, desaparecerán de la fiesta un rato, quizás para follar en un armario de por ahí.

Observo a Jenna, quien se ha dado la vuelta. Casi tengo celos de Jameson. Jenna era una princesa narcisista en sus mejores días. Además, proviene de una familia más adinerada que la mía, y eso que mi familia tiene dinero.

El hecho de que haya conseguido a Jenna, y el haberlo hecho sin ayuda, probablemente consuma a mis padres por las noches. Solo eso vale diez Ceces, en mi opinión.

Me doy la vuelta y me dirijo al bar. El bartender va a buscar mis tragos y me sorprendo al notar cuán eficazmente se mueve. Claro que sí, pienso. Jameson escogió este lugar. Aparte de surfear, ser bartender es la única pasión que Jameson probablemente tenga.

Bueno, eso y las sucias ex *strippers*.

Aun así, miro alrededor de las botellas de licor alineadas en orden, a los bartenders haciendo su trabajo con dedicación, y siento celos. Si supiera algo sobre licores, montaría un bar en un abrir y cerrar de ojos.

Incluso tengo un fondo fiduciario arreglado por mis abuelos. Nunca lo toqué, por miedo a gastar siquiera un centavo de ese dinero.

Suspiro, mirando a mi derecha. Mi pequeña hermana Emma está sentada en la barra al final del bar mirando a la nada. Miro en la dirección que ella mira, pero solo puedo ver a Jameson y a Cece besándose.

Mis ojos se quedan sobre Jameson, y recuerdo mi anterior momento de admiración. Tengo una especie de iluminación. Una fisión de energía pasa a través de mí y pone mi mente en llamas.

Podría tener un bar como este. Maldición, con el conocimiento de Jameson y mi proeza en los negocios, siento que podríamos hacer algo grandioso.

Dudo un momento, porque Jameson ha sido una verdadera molestia últimamente para Jenna. Gruñón y totalmente antagónico con ella, la ha llevado a frías indiferencias y pucheros de su parte.

Pero la idea de manejar un bar con Jameson es genial; él creando con cuidado los perfectos clásicos y yo manejando las preocupaciones cotidianas y el dinero.

Esa idea es demasiado tentadora para dejarla pasar. Al menos tengo que contársela.

Me muevo rápido, con la idea clara. Me distrae un grupo de amigos de Jenna antes de que pueda hablar con él, desde luego. Pero lo alcanzo eventualmente, antes de que pueda hacer su escape con Cece.

—Oye, ¿tienes un minuto? —le digo.

Jameson agita el whisky en su vaso y me mira con gracia.

—Toda la fiesta es para ti. Claro que tengo un minuto.

—¿Quieres salir? —le pregunto.

Jameson asiente y le dice a Cece que vuelve en un rato. Lo conduzco hacia la puerta, luego la abro. Salgo del aire acondicionado, lo cambio por la brisa marina del anochecer, pues estamos a solo unas cuadras del océano, como si el olor a agua salada en el aire no lo revelara.

Me recuesto sobre el muro de madera del bar y Jameson hace lo mismo. Ambos miramos la calle mientras organizo mis ideas. Para mi sorpresa, Jameson habla primero.

—¿Esto es por Jenna? —pregunta.

Lo miro. Él no demuestra ninguna emoción, pero debe de estar molesto por dentro si piensa que lo llamé aquí para un enfrentamiento.

—No. —Doy mi palabra con rapidez y vehemencia, para que sepa que hablo en serio—. Quiero decir, deja a un lado a Jenna. Pero no, esto es algo diferente.

Sus cejas se juntan mientras intenta averiguar de qué estoy hablando. Como no dice nada, continúo.

—Pienso que deberíamos montar un bar.

Su expresión perpleja no tiene precio.

—Tú... ¿qué?

—Un bar. Tú pones el menú y yo me encargo del dinero. Ambos tenemos las bases. Hasta creo que tus hermanos podrían ayudar a manejarlo, maldita sea.

—¿De qué diablos estás hablando? —se dirige a mí, apoyándose en el muro.

—Es solo que tuve una revelación, una especie de momento de inspiración. Estaba bebiendo un trago, y pensé... que podríamos hacerlo mejor. Pensé "Jameson y yo podríamos lucirnos de verdad si montamos un bar".

Jameson me mira como si me hubiera golpeado la cabeza.

—Estás diciendo que... estabas parado en el bar, teniendo lo que supongo no era menos que un trago estelar... ¡¿y eso te hizo pensar que deberíamos montar nuestro propio local?! —Jameson parece realmente confundido.

—Sí. Yo tengo el dinero. Tú tienes las habilidades...

Él se pasa una mano por su rostro.

—Ha sido el primer empleo en el que trabajé por más de un año.

—Has estado ahí por más o menos cuatro años.

—Sí, y solo recuerdo dos. Los primeros dos los pasé a puro whisky y cocaína. Incluso ahora, no puedo evitar querer follar con cualquier chica sexy que pase por la puerta.

Le sonrío.

—Sí, sí. Convénceme de que no eres el indicado para iniciar un trabajo en un restaurante. ¿Y qué hay con Cece?

Frunce el ceño.

—¿Qué hay con ella?

—Yo pienso que es... bonita. Y que ustedes tienen una conexión, o lo que sea. —Mi falta de sinceridad es evidente y él voltea los ojos.

—¿Y qué hay de ti? —pregunta Jameson—. Nunca has hecho nada más complejo que ron con cola. Nunca has estado en la industria del servicio al cliente. Nunca has supervisado a nadie...

—¡Eso no es cierto! —interrumpo—. ¿Qué me dices de...

—Si vas a poner de ejemplo el verano anterior a octavo grado, te juro que me largo —amenaza. Jameson me conoce muy bien.

—Solo piensa cómo sería nuestro bar —le digo, cambiando de tema—. Encontraremos un buen lugar en la playa. Podrías servir cualquier basura en vasos elegantes, que es en lo que siempre te has lucido...

—No todo necesita servirse en un vaso —murmura.

—Podrías ofrecer buena música, apagar las luces y congraciarte en el corazón de cualquier chica con solo una frase. —Muevo mis cejas para lograr un efecto cómico—. Todo lo que tienes que decir es que eres el dueño.

Eso parece darle una pausa. Se pasa una mano por la nuca, pero sigue con el ceño fruncido. De hecho, estoy acostumbrado a esa expresión.

—No lo sé —dice finalmente—. Parece una muy mala idea, realmente.

—¿Pero...?

—Solo eso.

—¿Sabes? Puedo con eso. Creo que lo estás pensando demasiado.

Él me mira con ojos entrecerrados y en silencio. Me acerco y le doy una palmada en el hombro.

—Solo espera —le prometo—. Será estupendo.

Jameson menea la cabeza.

—¿Puedo al menos comprarte un trago?

—Claro que puedes, hombre. Claro que puedes.

Dándole la espalda a la calurosa noche, vuelvo a entrar.

PRÓLOGO 3

HACE CUATRO MESES — BAR CURE

—Oye, Emma, ¿qué opinas? —pregunta Jameson, rascándose su barbuda mejilla.

El muro detrás del bar está iluminado con brillantes luces de neón y destaca los centenares de marcas que Jameson insistió en tener. Él se queda atrás, admirando su trabajo. Pienso que es absolutamente asombroso, como casi todo lo que hace Jameson.

—Guau, luce genial —digo desde mi asiento en el bar. Estoy acaparando todo el espacio con mis libros de la escuela de leyes, pero no estoy estudiando. En vez de eso, estudio a Jameson—. ¿Tal vez deberías agregar otra botella a la derecha?

Apunto a un lugar y él mira hacia donde señalo, asintiendo lentamente.

—Buen ojo. Ese punto se ve totalmente vacío.

Jameson toma otra botella y la levanta para ponerla en el punto vacío. Me muerdo el labio al notar que luce ridículamente bien en este momento, en esos jeans oscuros que se ajustan a su trasero, una franela NIN negra y zapatos Chucks rojo sangre.

—Luce bien —digo, y mis mejillas se ponen rojas. Con eso, me refiero a cada parte de él... y con bien, quiero decir *suculenta, atractiva* y *tentadora al extremo*.

Suspiro. Forest sale del cuarto trasero, se ve correcto como siempre en un *sweater* verde y jeans. Su cabello oscuro y su barba se ven muy atractivos; si no estuviera tan enamorada de Jameson, probablemente tendría algo con Forest.

Él lleva a su novia Addison de la muñeca. Ella no dice nada, solo se ve bien en su vestido blanco puro y su cabello sujetado artísticamente.

—Hola, chicos —dice Forest.

—¿Ya revisaste la despensa de licor que armé arriba? —le pregunta Jameson.

—Sí. Es algo psicodélico ver varios miles de dólares en bebidas en un solo lugar. Parece que todo está listo para la apertura de mañana.

—Desde luego. ¿A qué horas vendrás mañana?

Forest mira a Addison.

—¿A qué hora crees que terminará el almuerzo con tus padres? ¿Cerca de las cuatro?

Addison inclina la cabeza con suavidad, pienso que significa que está de acuerdo. Me pregunto cuál será su trato. No siento una mala vibra de ella, como me sucede con la novia de Asher, Jenna, pero tampoco consigo ni una palabra de Addison. Es muy raro.

Volteo mi cabeza mientras Gunnar entra por la puerta del frente, con tres lindas rubias vestidas de forma elegante y en fila. Por su parte, Gunnar parece como si hubiera dejado un club de danza, por la forma en que viste su camisa a cuadros negros parcialmente desabotonada y un par de jeans negros.

Obviamente ha dicho algo gracioso, porque todos están riendo.

—Señoritas, siéntense por allá si desean —sugiere, apuntando a una de las mesas y les guiña el ojo—. Necesito estar aquí un minuto, y luego volveremos a mi casa.

Mis pestañas se levantan, pero las chicas solo sueltan una risita. Gunnar dirige su atención hacia mí y camina hacia la barra.

—Emma. Luces bien, como siempre.

Me agito un poco bajo su mirada. Gunnar es un completo idiota, pero maldita sea si no es lo bastante apuesto para salir adelante.

—Uh, gracias —logro decir.

—Oye —dice Jameson, con el ceño fruncido—. Conoces las reglas. Nada de coquetear con Emma. Lo mismo aplica para todos.

Me ruborizo y deseo poder hundirme en mi asiento. Asher ha

anunciado la misma regla desde que tenía edad suficiente para ponerme un sujetador de entrenamiento. Era demasiado humillante.

—Solo comentaba —aclara Gunnar, encogiéndose de hombros. Ve a Forest y a Addison—. ¿Qué hay?

Forest se cruza de brazos.

—Se supone que nos encontraríamos aquí hace una hora. Asher ya vino y se fue.

Gunnar voltea los ojos.

—Ya estoy aquí. No pensé que lo tomarían como algo serio.

—Es algo serio —interviene Jameson y lo corrige—. ¿Cómo se supone que tendremos a nuestros jodidos empleados llegando a tiempo si nosotros llegamos cuando nos da la gana?

—Mea culpa —dice Gunnar, pero no parece del todo arrepentido—. ¿Qué se supone que haga aquí, en todo caso?

Jameson aprieta la quijada. Forest se interpone por él.

—¿Podrías subir las escaleras y revisar todo? Asegúrate de que el ron, tequila, mezcal y pisco que pediste estén en el inventario.

—A la orden, capitán —dice Gunnar y desaparece en el cuarto trasero.

—Cada vez que empieza a decirme que estoy muy tenso, estoy así de golpearlo en su jodida cara —declara Jameson, regresando a la barra.

La puerta frontal se abre otra vez, y una joven y atractiva mujer asiática con cabello largo y piel de porcelana asoma su cabeza. Cuando ve a Forest y a Jameson, sonríe y entra. Observo con cuidado sus pantaloncillos de jean cortos y su holgado top azul.

Si mis padres me vieran en un atuendo así, se desmayarían. Maldición, creo que hasta Asher me obligaría a regresar a casa para cambiarme si me viera llevando eso... y se supone que él es el joven rebelde y genial de nuestra estresante familia.

—Hola —saluda, agitando un conjunto de papeles. Para mi sorpresa, tiene un elegante acento británico—. Ya traje el resto de mis documentos. Espero no interrumpir nada.

Miré a Forest, quien quedó boquiabierto. Obviamente está observando a la mujer, más que acercándose para tomar sus papeles. Addison solo lo mira; lo que fuera que sintiera, definitivamente no lo exterioriza.

—Hola, Maia —la llama Jameson, acercándose por detrás del bar—. Tomaré todo lo que tienes.

Maia le entrega los papeles, me sonríe y extiende su mano hacia mí.

—No creo que nos hayan presentado. Soy Maia Yu. Atenderé las mesas.

Aprieto su mano.

—Emma Alderisi. No trabajo aquí, solo vengo de paso.

—Un placer conocerte. Y tampoco nos han presentado, ¿o sí? —digo, mirando a Addison.

—Addison Raven —responde, cruzando los brazos—. Me casaré con Forest.

Maia mira a Forest, quien ha cerrado su boca pero continua observándola con algo parecido al asombro.

Jameson se aclara la garganta.

—Forest ya se iba. ¿No es cierto?

La mala cara de Forest hacia Jameson es inconfundible.

—Sí. Los veo luego.

Forest lleva a su futura esposa fuera del bar y Maia se da la vuelta para mirar a las rubias sentadas en una de las mesas, absortas en sus teléfonos.

—¿Aún sigues contratando? —pregunta Maia confundida y yo disimulo una risa.

—Por Dios, no —aclara Jameson—. Ellas solo esperan por mi otro hermano...

—¿Qué dicen de mí ahora? —dice Gunnar, saliendo del cuarto trasero. Con solo mirar a Maia un momento, enciende su encanto al ciento por ciento—. Hooola. No nos han presentado. Soy Gunnar.

—Maia. —Ella le aprieta la mano. Él mantiene el apretón por un segundo más, pero ella es demasiado sofisticada para actuar como si le molestara y lanza su cabello hacia atrás, calmada—. Si eso es todo, me voy. Necesitas que estemos aquí mañana a las tres, ¿cierto?

—Sí —responden Jameson y Gunnar al mismo tiempo. Jameson le lanza una mirada a Gunnar. Gunnar le sonríe de vuelta, con descaro.

—Te veré mañana —dice Jameson.

—Nosotros también nos vamos, chicas —informa Gunnar, acercándose a ellas—. Maia, nosotros vamos a mi casa a beber...

—Déjala en paz, Gunnar —gruñe Jameson—. Nos vemos luego, Maia.

—Hasta luego. —Maia agita sus manos y se va. Gunnar la sigue, aunque dudo que él sepa exactamente que hará cuando la alcance.

—Gunnar —le dice Jameson con amenaza. Gunnar se detiene, y luego mira a las tres rubias, encogiendo un poco los hombros.

—Vamos —dice, esperando que las tres chicas a se levantaran y lo siguieran por la puerta. Él mira de vuelta—. Nos vemos, Emma.

Me despido, sonrojándome un poco. Gunnar no es para nada mi tipo, pero es ridículamente apuesto. Sin mencionar que es terrible coqueteando.

Jameson pone los papeles en la barra, y luego regresa a mirar el muro del fondo.

—¿Sabes lo que esto necesita?

Inclino mi cabeza.

—No. ¿Qué?

—Unas flores —acota, mirando fijamente la repisa superior—. Algo como las flores secas que el diseñador de interiores compró, en botellas de licor vacías.

Se dirige al cuarto trasero y reaparece con una pila de cajas de cartón. Se acerca a la barra.

—¿Te molesta si pongo esto aquí?

Levanto los libros de texto que tenía esparcidos por toda la barra y los muevo a un lado.

—Nah. Ni siquiera estaba trabajando.

Jameson suelta una risa mientras abre una de las cajas. La primera contiene botellas vacías, algunas con etiquetas tan viejas que están despegándose. La segunda caja está llena de flores secas, la mayor parte lavanda y velo de novia.

—Ooooh, estas quedarían bien —señalo mientras él empieza a colocarlas en la barra—. ¿Puedo ayudar?

—Claro. Gracias —dice toscamente, pero aun así me hace sonrojar.

Tomo un poco de cada tipo de flor y las pego en el cuello de la primera botella. Volteo para verlo.

—¿Así?

Jameson mira la botella pensativo, y tomo un poco más de velo de novia.

—Tal vez unas flores más...

Se inclina, acercándose hacia mí para colocarlas en la botella. Está demasiado cerca, lo suficiente como para que pueda oler su aroma a jabón y cuero. Siento escalofríos por todo mi cuerpo, aunque él ni siquiera me está tocando.

Noto un par de líneas blancas que salen del cuello de su camisa, que bajan hasta... algo. No sabía que Jameson tuviera tatuajes, pero claro que tiene sentido. Le queda bien con su personalidad de chico malo y melancólico, si me lo preguntan.

Sin hablar de todo lo demás.

—¿Así está bien? —pregunta, arreglando los tallos.

—¿Qué? —contesté, con la mirada en las nubes. Me es difícil alejar mis ojos de su musculoso cuerpo—. Oh, uh. Sí, totalmente.

Me lanza una mirada, pero no dice nada.

—Si quieres hacer unas cuantas botellas, las pondré en el muro del fondo.

Me muerdo el labio, asintiendo. Empiezo a preparar otro ramo y busco una botella vacía. Él toma la que terminó y comienza a probarla en diferentes lugares entre las botellas llenas del muro.

—Esta es una buena idea —le comento.

—Es curioso que lo digas, considerando que estudias leyes —responde.

Frunzo el ceño, tomando pausa.

—Eso no significa que no puedas tener un momento de genialidad

Jameson se da vuelta para mirarme un segundo, agitando su cabeza un poco.

—¿De veras? Boté a una chica la semana pasada porque me dijo que no soy muy listo. —Frunce el ceño, reemplazando una de las botellas del fondo a la izquierda—. ¿Qué te hace pensar eso? ¿Quizás podamos hacer seis o siete botellas así?

—Espera, ¿qué? ¿Una chica te dijo que no eras muy brillante? —pregunto, impactada.

—Sí. Quiero decir... le dije que había abandonado el primer año de secundaria para cuidar de Forest y Gunnar, y ella me dijo: "Tiene sentido. Está bien, no necesito tu cerebro para salir contigo".

Quedo boquiabierta.

—¡Qué injusto!

Jameson gira para verme.

—No me molesta.

—¡Claro que sí! Ella suena como una maldita zorra. —Exagero un puchero.

Sus ojos brillan con humor.

—Eres linda cuando te molestas.

Me pongo roja por milésima vez hoy.

—Solo cuento los hechos —murmuro, avergonzada. Por suerte, el momento pasó y vuelvo a arreglar las flores en sus jarrones improvisados.

Jameson coloca unas cuantas botellas más y luego toma pausa, frotándose la barbilla.

—No creo que pueda llegar más alto. ¿Crees que podrías subir a la repisa de allá?

Levanto mis cejas.

—Ummm...

Le da palmadas al mostrador de atrás.

—Quiero decir, puedo ayudarte a subir y bajar. Prometo no ver por debajo de tu vestido ni nada.

Imagino la clase de ayuda a la que se refería, la que probablemente involucrara mucho contacto físico. Me levanto de mi asiento.

—Claro.

—Bien, ven aquí —me indica, mirando el muro—. Te ayudaré a subir.

Hago lo que me dijo y le tomo las manos. Me siento rara al hacer una actividad física con mi pequeño vestido veraniego verde pálido. Me sonrojo de nuevo. El sentir sus manos en mi cuerpo es absolutamente inmoral, aunque no hay nada inmoral en lo que estamos haciendo.

Jameson es más cálido que yo, por naturaleza. Tomo aire, inhalando su limpio aroma. Él me toma de la cintura, levantándome, hasta que puedo quedar de pie en la repisa.

En cierto punto de la transacción, él empuja mi trasero con una enorme mano. No puedo evitar la risa nerviosa que escapa de mis labios.

—¿Te mantienes? —pregunta.

—Eso creo... —digo. Luego chillo mientras caigo de espalda.

Mierda mierda mierda mierda. De hecho, espero golpear el suelo, *fuerte.*

Pero entonces caigo en los brazos de Jameson, tan perfectamente como podría haberlo soñado. Nuestros rostros están muy cerca, con sus ojos en mi rostro. Todo lo que puedo pensar es que seguramente me ahogaría en su oscura mirada.

Sus ojos bajan a mi boca. Podría jurar que el tiempo se detiene a nuestro alrededor. Me lamo el labio inferior, más segura que nada de que él está por besarme.

Sí. Está pasando. Mis pestañas empiezan a cerrarse, en preparación.

—¡Hey! —la voz de Asher me saca de mi sueño. Abro mis ojos para verlo llegar por la puerta del frente. Jameson me baja enseguida, moviéndose para alejarse de mí.

—¿Qué está pasando?

—¡Me caí! —respondo al instante, sin querer que Jameson se metiera en problemas con Asher—. Solo intentaba alcanzar algo. Jameson me atrapó, eso es todo.

—Relájate —dice Asher, caminando detrás de la barra—. Jameson conoce la regla. ¿O no, Jay?

Jameson está algo sonrojado.

—Sí. Emma está fuera de alcance.

Hago una mueca ante sus palabras. Sí, sí, ellos han estado diciendo lo mismo desde que tengo trece.

—Así es —sostiene Asher, dándole una palmada en la espalda.

Jameson parece tan culpable, que casi siento pena por él. Así es, hasta que habla.

—Nunca haría eso contigo —le dice a Asher. Luego me mira justo en los ojos—. Nunca.

Mis mejillas empiezan a arder y aprieto la mandíbula.

—Ya no soy una niña, Asher. Puedo tomar decisiones por mi cuenta.

Asher y J me miran. Asher resopla.

—No, con mis amigos, no puedes. ¿No es así, J?

Hay unos pocos segundos de silencio. Miro a J, la expresión conflictiva en su rostro. Comienzo a sentir una pizca de esperanza. ¿Acaso se alzaría por mí?

Dios, ¿acaso él le diría a Asher lo que siente por mí? Mi corazón casi se detiene.

Pero claro, él no lo hace. Probablemente ni siquiera sienta algo por mí, porque sus siguientes palabras cortan en lo más profundo.

—Tus amigos están fuera de alcance por alguna razón —aclara J a Asher, bajando la mirada—. Además, no haría nada con *Emma*. Ella es tan... *joven*.

No puede ser. J definitivamente habla con Asher sobre mí, como si no estuviera aquí. Aprieto los dientes.

—¡Estoy aquí! —sostengo molesta, agitando mi mano—. No me gusta que hablen como si no estuviera presente.

J continua apartando la mirada, como si nunca hubiera existido. Podría abofetearlo. Me siento furiosa.

Asher me mira con expresión impaciente.

—Tú estás aquí y eres brusca. Hurra por nosotros.

—Púdrete —digo entre dientes. Me siento humillada justo ahora, y definitivamente es su culpa—. Ambos pueden irse al infierno.

—Emma... —dice Asher, volteando los ojos.

Eso es. La forma en que movió los ojos fue la gota que rebasa el vaso. Los odio a los dos en este momento.

—Me voy a casa. Al menos Evie me aprecia como compañera de cuarto... y como adulta —replico. Camino a pisotones por el bar, sintiéndome como si ellos me hicieran actuar de forma infantil. Meto mis libros en mi bolso, muerta de rabia.

Estoy molesta con Asher, sí. Él necesita dejarme crecer.

Pero más que eso, estoy molesta con J. Siento como si me hubiera mirado a los ojos y dijera todas esas cosas para herirme. Eso lo convierte en un idiota, sin importar cómo lo viera.

—Emma, no te pongas así —dice Jameson mientras me monta mi bolso al hombro y le lanzo una mirada fría.

—Piérdete —digo, dirigiéndome hacia la puerta.

Dejo el bar atrás, con ellos meneando sus cabezas. Empujando la puerta, salgo al brillante sol de la tarde, furiosa con ambos y temblando un poco.

Asher puede meterse todo ese asunto de que soy su hermanita menor en donde no le llega el sol. ¿Y Jameson?

Jameson parece varonil y maduro, excepto cuando está con Asher. Él necesita crecer, y crecer en grande. Sin importar qué tan atractivo es Jameson, no tengo tiempo para quien no me quiere.

Simplemente tengo que recordarlo... por siempre.

Y con una mueca, comienzo a caminar a casa.

1

JAMESON

Ser atrapado en el cuarto de atrás de Cure, besando a la futura esposa de mi mejor amigo en la fiesta después del ensayo de su boda... Sólo digamos que no era parte de mi plan.

La noche empieza con el estallido de los corchos de champaña volando hacia el fondo del bar. Con las luces tenues y una lista de reproducción de mezclas de Purity Ring sonando alto por el sistema de sonido. Las puertas están abiertas de par en par, dejando entrar el olor a agua salada y el sonido de las olas a la distancia en Redemption Beach.

Las personas están brindando por la pareja feliz. Es algo pronto, si me preguntan, pero nadie lo hizo. Así que sólo mantuve mi boca cerrada y trabajé en el bar. Detrás de la barra, sigo siendo el bartender, el amo de mi pequeño reino.

En el área del restaurante, tendría que estar codeándome con gerentes financieros y ejecutivos, y modelos de Instagram. El tipo de personas que asistieron a universidades privadas costosas y que hablan sobre adónde fueron a vacacionar. Nada que ver conmigo.

Todos están aquí por Asher y su adinerada prometida Jenna. Y yo también lo estoy, yo y los otros hermanos Hart. Estamos dando la cara por la familia de Asher porque a ellos no le importa, y a nosotros sí.

Esta noche toda la atención es para Asher. Sólo debo seguir recordándolo.

En realidad, está bien andar por ahí con las futuras estrellas de Youtube y profesionales del tenis, porque la mayor parte de ellos piensan que yo sólo soy un ayudante. Probablemente, ellos no saben que Asher y yo incluso somos los dueños en conjunto de este bar.

Lo cual es mucho mejor para mí.

No es la primera vez en la noche que deseo estar en la playa, corriendo hacia el agua con una tabla de surf bajo el brazo. De hecho, desearía estar en cualquier otra parte en lugar de aquí en este momento.

Pero, no es así. Estoy aquí. Necesito ser útil tomando órdenes y preparando bebidas. De lo contrario, sólo soy un hombre/niño molesto y con cara de pocos amigos. Nadie quiere eso, especialmente no esta noche.

Estoy de pie detrás de la barra, con un trapo colgado sobre mi hombro, mirando hacia la multitud de invitados a la boda con el ceño no tan fruncido. Considero si debería poner vasos de agua sobre la barra para la multitud o no. La fiesta es, definitivamente, un éxito, hablando de que casi todos ya están un poco ebrios.

Incluso he estado probando de los borbones más caros, una práctica que desapruebo en otros bartenders. Pero, esta noche es una fiesta, una celebración aunque no lo pareciera. Incluso si no me agrada lo que las personas están celebrando, aún debo estar aquí.

Maia, la bonita chica asiática quien hace un Sazerac alucinante, dejó caer su bandeja en la barra. Acomoda su vestido negro de coctel ceñido un poco.

"¡Jameson! Destapa una de las botellas de rosado espumante, ¿Podrías?" dice ella con su acento británico de alta categoría, haciendo que la palabra *espumante* sonara refinada.

Levanté una ceja inquisidora hacia ella. "¿Por qué?"

"La futura novia quiere 'algo rosado con burbujas'," dice ella encogiéndose de hombros. "Soy una mesonera. Ella me da una orden y yo vengo y lo pido. Tú sirves las bebidas. Y así es como funciona usualmente, de cualquier forma."

Me da una mirada, como si supiera exactamente lo que he estado pensando, y no lo aprueba.

"Mmmph," respondo a regañadientes. Rosado espumoso no

está en el menú esta noche, pero hago lo que me piden. Es para Asher, después de todo.

"¿Te importaría alcanzarme algunas flautas para champaña mientras estás con eso, jefe?", me pregunta dándome una sonrisa fingida. "Eres un millón de metros más alto que yo."

"Mido un metro noventa de alto," la corrijo. "Tú solamente eres muy bajita."

Me saca la lengua, y me río entre dientes. Busco una caja de los vasos que ella quiere en la pared de atrás y la coloco en la barra.

Me doy la vuelta hacia la imponente pared iluminada por luces de neón en donde están diferentes tipos de licores. Todos están agrupados por tipo: whiskys y borbones juntos; vodkas, ginebras y aquavitas; rones, tequilas y mezcales; piscos y brandis y unas cuantas docenas de botellas de vino.

Estamos en Cure, el bar del cual soy co-propietario junto con mi mejor amigo Asher y mis dos hermanos, Gunnar y Forest. Por el momento, Cure está cerrado para el público por la fiesta de bodas de Asher. Cuarenta o más invitados entonados, todos reunidos aquí la noche antes de la ceremonia.

Tenía sentido, se trata del mejor lugar para reunirse.

Después de todo, Cure fue idea de Asher. Él será el primero de nosotros en casarse. Yo debería estar feliz por él, pero no lo estoy. Odio a su prometida Jenna, y pienso que él puede encontrarse alguien mucho mejor que ella.

Pero, me trago mis palabras. El tiempo va y viene lo suficiente como para tener a raya todos mis pensamientos y opiniones sobre Jenna y la boda. Ya dije lo que pensaba y Asher me llamó degenerado.

Y lo soy, sin ninguna duda. Un jodido, un misántropo, un antisocial complicado para quien abrir este bar fue un total disparo en la oscuridad. Este bar, criar a mis hermanos pequeños y mantener mi amistad con Asher son realmente las únicas cosas buenas que he hecho.

Dios sabe, si es que hay un balance cósmico sobre mi vida entera, que hay muchas cosas malas en mi pasado para hacer inclinar la suerte a mi favor siendo un completo pedazo de mierda. Cosas como dejar la escuela de joven, salir con un incontable número de chicas surfistas y clientes bonitas de bares, constantemente de fiesta y destrozando no una, sino dos motocicletas en mis veintes.

Sé que mi pasado y mi tendencia a la melancolía no me hacen muy encantador. Estoy trabajando en la redención, muy lentamente.

Me meto bajo la barra, en las neveras donde se guardan las botellas de blanco y espumante. Busco por un segundo, hasta encontrar la botella correcta. El resto es pura memoria muscular: quitar el papel metálico y deshacer la jaula de metal. Descorchar la botella con el menor alboroto posible, observando a mi hermano Gunnar al tiempo que vierto el espumante en las flautas de champaña que he colocado en la barra.

Gunnar está junto a mí en la barra, vertiendo vodka y un poquito de polvo de canela en la coctelera. Hay una fila entera de chicas lindas esperando por los shots que él está preparando. Despejo mi garganta y le miro.

Deja de darles vodka a las chicas, dice la mirada. *En serio.*

Me sonríe y guiña un ojo, luego le grita a las chicas que se inclinen de espaldas sobre el tope de mármol de la barra para poder recibir sus shots. Por supuesto que lo hacen, riéndose.

No puedo entornar los ojos lo suficiente. Coloco las flautas de champaña en la bandeja que Maia dejó. Ella la levanta con una sonrisa falsa, y se las lleva a la novia.

A ella tampoco le agrada Jenna. Asher es el único del equipo al que Jenna trata bien. El resto de nosotros somos considerados como menos que humanos.

Miro a través del lugar hacia donde está Jenna, cómoda con toda su rica y esnobista camarilla. Veo a Maia entregar el vino espumante en la mesa de Jenna, en donde la bella reina de hielo está contando una historia.

Veo a Jenna empujar su vaso vacía hacia Maia sin pensarlo. La música está muy alta como para saber lo que dice, pero una sola mirada a sus mejillas rojizas y su exultante expresión mientras habla con las personas congregadas a su alrededor...

Sí, está ebria. No solo ebria, sino exigente. Se baja el vino en dos sorbos y, entonces, sostiene el vaso hacia Maia para ser recargado.

Nuevamente, no está haciendo contacto visual. Jenna está

demasiado ocupada contando su historia a voz en cuello. Todos en su mesa se ríen al unísono, y ella se ve como en casa, disfrutando de su adulación.

Maia toma la flauta de champaña y se dirige hacia otra mesa para comprobar que no necesitan nada.

Apreté mis dientes. Uno pensaría que Maia realmente era una cara desconocida, una mesera en un restaurante... Pero, en serio, Asher y Jenna han estado juntos desde que este lugar abrió. Maia fue nuestra segunda empleada.

Diciéndolo simplemente: ambas se conocen.

No debimos contratar personal de cáterin para trabajar en esta fiesta, pienso. De esa manera, todos podrían relacionarse. Y el personal podría evitar la mesa de Jenna...

Me di la vuelta y mordí mi lengua. Cuando Maia vuelva, le diré que no tiene que esperar más por Jenna. Yo lo haré.

Las cosas han estado un poco más que incómodas entre Asher y yo en las últimas semanas; desde que le dije cómo me sentía al respecto. Aun cuando hemos sido los mejores amigos por casi veinte años, la mierda se tornó embarazosa como nunca desde el segundo en que las palabras salieron de mi boca.

Ahora estamos aquí. Asher está congraciándose con los padres de Jenna por la puerta que da al patio, viéndose tan brillante como yo gris. En su camisa a cuadros y sus pantalones caquis, él es exactamente el tipo que quisieras para tu hija princesa.

Juro por Dios, puedo ver sus dientes resplandecer desde el otro lado del condenado lugar cada vez que se ríe. Asher es casi como un maldito príncipe de Disney, mi opuesto diametral.

Recuerdo que se supone que debo estar haciendo esta fiesta para él y debo mantener mis pensamientos sobre Jenna para mí mismo.

"Hey," dice una voz. Me doy vuelta de la visión de Asher para encontrarme a su pequeña hermana Emma deslizándose en una de las sillas frente a la barra.

Emma tiene veinticuatro, con su cabello negro brillante con un elegante peinado, y está vistiendo un vestido rosa pálido muy ceñido como si fuera su *trabajo*.

Sin embargo, no soy tan estúpido para actuar como si supiera. He estado siendo cuidadoso en no prestarle atención estos últimos seis años. Ella es la princesa rica que no sabe lo que quiere. Yo puedo estar en muchas cosas pero no estoy a su nivel, definitivamente, y ella no está al mío. Hay varias razones por las que un tipo como yo no debería siquiera mirar a alguien como ella.

Una de las razones es que Emma es muchísimo más joven que yo. Es lo que podría describirse como alegre. Mientras que yo soy el solitario que se para detrás de la barra y de las personas, definitivamente no encajo con su actitud animada.

Además, está el hecho de que ella asiste a la escuela de derecho mientras que yo abandoné la secundaria. Somos de mundos distintos en lo que respecta.

Además, si Asher alguna vez descubre que tan siquiera tengo un pensamiento impuro sobre su pequeña hermana le daría un jodido infarto. Y luego me asesinaría.

Esa sería una manera triste de irse al otro barrio.

Fulminé a Emma con la mirada. "¿No se supone que deberías estar socializando? Ya sabes, representando a tu presumida familia, ya que no pueden dignarse a dar la cara."

Emma me sonrió con malicia y sus ojos verdes centelleando con placer. A eso me refiero con *animada*. Me rehúso a permitir que mis ojos desciendan hacia sus senos... pero estoy seguro que son firmes y puntiagudos también.

"Mis padres están totalmente *horrorizados de que* Asher haya encontrado una novia que no sea una marginada social. Están positivamente molestos de que lo haya hecho bien sin ninguna ayuda de ellos. Así que no, no los estoy representando." Se inclinó más cerca hacia mí, mordiéndose su labio inferior sugestivamente. "¿Qué tienes allí atrás que no sea vino?"

No mires sus senos. No mires sus senos, me dije a mí mismo. Entonces, miré hacia sus senos de todas maneras: pequeñas pero perfectas, levantadas por su vestido.

Aparte mis ojos de ella tan pronto me di cuenta de lo que estaba haciendo. Maldita sea. La última cosa que necesito es que Emma piense que soy un maldito pervertido.

Hago contacto visual con ella y dudo. Se me ocurren varios piropos, pero los ignoro.

"¿Qué clase de licor quieres?" pregunté, dándome la vuelta y tomando una coctelera de metal.

"Mmm..." dice ella, ensortijado un mechón de su cabello oscuro alrededor de un dedo. "¿Vodka? Quiero algo que no tenga sabor a alcohol."

Hago un sonido de disgusto. Emma ladeó su cabeza hacia mí.

"¡Tú preguntaste qué quería!" responde. "Quiero algo dulce."

Sacudo mi cabeza y tomo el vodka, vertiéndolo en la coctelera. "¿Te gusta la limonada?"

"¿A quién no?" responde ella.

Mezclo jugo de limón recién exprimido y un poco de sirope simple casero en el vaso de metal, añado un puñado de cubos de hielo y luego los agito. Lo vierto todo en un vaso alto, después lo cubro con gotas de puré fresco de frambuesa. Le coloco un popote, manteniendo un poco de la bebida en su interior, y sacándolo luego para probarla.

El limón y el azúcar estimulan mi paladar mucho antes que el vodka. Arrugo mi nariz ante esa dulzura. Perfecto para ella, de verdad. Cuando se lo sirvo con un popote nuevo, sus ojos se iluminan.

"Ooooh," dice ella. "Es bonito."

"Si," digo, acomodándome para lavar la coctelera.

Emma sorbe el coctel, con sus codos sobre la barra. "¡Esto es increíble! ¿Cómo lo llamas?"

La miro. "El colegiala especial," respondo seco.

Ella se sonroja, sus mejillas se tornan más oscuras que el rosado de su vestido. "Eres *realmente* el peor."

Eso me hace sonreír. "Lo mejor que puedes hacer es recordar eso."

Le guiño un ojo y ella entorna los suyos. "Gracias por la bebida."

Toma el coctel y se va, contoneando sus caderas. La observo mientras se aleja, por unos segundos, con mi boca un poco seca.

"¿De verdad?" dice mi hermano Forest, colocándose a mi lado desde la parte de atrás de la barra. Forest es el hermano del medio. Él está mejor vestido que yo, vistiendo pantalones oscuros y una camisa blanca. Su cabello oscuro está recortado cerca de cuero cabelludo, no tan largo ni desordenado como el mío.

Arranqué mi mirada de ella, observando mi camiseta y pantalones negros en su lugar. Forest aún no ha terminado. "Hay tantas chicas hermosas aquí y ¿tú estás mirando a Emma? ¿Qué te está pasando?"

Él no está equivocado. A los treinta y tres, yo no debería estar mirando a alguien casi una década más joven que yo, definitivamente. Despejo mi garganta y sacudo mi cabeza.

"Porque soy un sucio viejo verde. Hablando de personas que son muy jóvenes para nosotros, ¿dónde está Addison esta noche?" pregunto, cambiando el tema.

Él frunce el ceño y se gira un poco, señalándome a su prometida. Una pelirroja bastante delgada en un vestido de seda roja, en un pequeño grupo de mujeres de pie en la puerta frontal.

"Justo allí. Y ella no es tan joven para mí. Es bastante madura para su edad." Se agacha hacia las neveras bajo la barra y toma una cerveza, quitándole la chapa.

"Ajá," digo. Me inclino de espaldas a la barra. "Creo recordar haber sido invitado a su fiesta de cumpleaños número veintiuno el mes pasado."

"Vete a la mierda," dice Forest, volteando la cara. Toma un sorbo de su cerveza. "Tú sólo estás celoso."

"¿De Addison? Ella es tan controladora, hombre. Eso es asunto tuyo, no mío."

Ahora él me mira de verdad. "Lo digo en serio, vete a la mierda. También, Asher me pidió recordarte que mantengas a todo el mundo hidratado. Nadie quiere ver a Jenna vomitando sus galletas durante la ceremonia mañana."

Miré a Jenna y la vi haciendo una pantomima que parecía horriblemente que estuviera chupando un pene gigante. Todos a su alrededor ríen y ella se bebe otro vaso de burbujas rosadas.

Una sensación de odio crece en mí. *¿De verdad, Asher?* pienso. *¿Con eso es con quien vas a amarrarte por el resto de tu vida?*

Forest se ríe de mi expresión y me da una palmada en el hombro. "Tienes que aprender a disimular mejor tus emociones, J."

"No sé qué ve Asher en ella," me lamento.

"Pese a ello, aquí estás, trabajando en el ensayo de la cena de recepción," dice Forest. Veo a Addison girar su cabeza, buscando a Forest. Él también la ve y suelta un suspiro. "De acuerdo. Tengo que volver a la conversación. Aunque, no olvides el agua."

"Sí," digo a su espalda, mientras se dirige al lado de su prometida. "De acuerdo."

Pienso en las cajas de agua embotellada que tenemos. Debería subir las escaleras para buscarlas; esas escaleras rechinantes que llevan hacia el pequeño y polvoriento depósito, pero sólo así las personas podrían tomarlas e irse. Entro en la trastienda que hace de oficina, y subo por las escaleras.

Tomando dos de las cajas de agua, me devuelvo abajo. Excepto que esta vez, cuando llego a la oficina, no estoy solo.

Jenna está ahí, llevando un vestido de seda blanco y completamente borracha. "Heeeyyyyy, ahí estás," ronroneó.

Levanté mis cejas. "¿Estás buscándome?"

"Sí," dice ella, acercándose. De hecho, puedo oler el vino en su aliento, lo que está diciendo algo, ya que el vino no es tan fuerte usualmente. Ella se tambalea un poco. "Quiero que me ayudes con mi vestido."

"De acuerdo, aguanta un poco," digo, dejando las aguas sobre el escritorio. "¿No quieres que Asher te ayude?"

"¡No!" grita, dándose la vuelta. Dios mío, realmente está ebria. Toma su cabello rubio sobre su hombro. Miro su espalda y puedo ver que el vestido está separado en algunas partes a lo largo del cierre. "¡Él no puede verme así!"

"Está bien..." digo, frunciendo el ceño. "Aunque, no creo poder arreglarlo."

Ella comienza a bajar el cierre del vestido, tropezándose con sus propios pies. "¡Quítamelo!"

"Sólo espera un segundo—" empiezo. Ella se tropieza y cae.

"¿Qué—" empieza a chillar.

Con odio o no, doy un paso al frente y trato de atraparla. Es algo que está arraigado mí, como de memoria muscular. La atrapo, agitándola un poco.

Jenna, borracha como está, empieza a reírse, echándome su aliento a vino en mi cara. Su labial es rojo brillante, corriéndose un poco de su labio inferior. "¡Me atrapaste!"

"Sí, está bien—" digo, tratando de hacer que se ponga de pie. "De verdad, Jenna..."

Veo sus ojos marrones descender a mi boca. Me doy cuenta de

sus intensiones medio segundo después de besarme. Su cara se acerca a la mía con sus ojos entrecerrados.

"Jenna, ¿qué carajos estás haciendo?" pregunto, genuinamente perplejo.

Me las arreglo para agarrarla por sus hombros y detenerla, pero eso sólo la hizo reír delirantemente.

"¿Crees que no te he visto mirando?" dice ella. "Sé que has estado mirándome. Todos ustedes lo han hecho."

"¿Qué? Yo—"

Ella me agarra el pene sobre el pantalón, lo que me hace encorvarme al frente por reflejo. "¡Quítate de mí, mierda!"

Entonces, ella hace el movimiento final mientras estoy completamente fuera de equilibrio. Me besa gimiendo obscenamente.

El cual fue el momento perfecto para que Asher entrara.

"¿Qué carajos?" dice él, horrorizado. "¿Jenna? ¿Jameson? ¿Qué demonios!"

Logro empujar a Jenna, frotándome la boca. Me doy la vuelta hacia Asher. "Ella me saltó encima."

¡Bam! Casi no veo venir su puño. Aunque puso todo su cuerpo en ello. Asher tiene casi mi estatura y es más musculoso que yo. Su puño conecta en mi labio inferior, lo cual es más sorprendente que nada.

Me tumba unos cuantos pasos. Estoy aturdido. Siento un hilo de sangre brotando de mi boca. "¿Qué carajo?" pregunto, tocando mi labio.

"¡Maldito desgraciado!" grita él.

"¡No soy al que deberías estar gritándole, viejo!" señalo a Jenna, quien ha empezado a reírse incontrolablemente.

"¡Ambos son unos pedazos de mierda!" declara ella. "Jódanse."

Asher se sonroja aún más fuerte. No esperaba eso, supongo. Se da la vuelta y sale despedido del cuarto trasero.

Estoy justo pisándole los talones. Él deja escapar un bramido al tiempo que llega a la barra y arrasa con una bandeja de flautas de champaña que estaba sobre ésta al suelo. La fiesta entera se detiene, aunque la música continúa.

"¡La boda se cancela!" grita Asher, yendo directamente a la puerta del frente.

"Asher—" intento, pero él abre la puerta de un empujón y desaparece.

Tomo un respiro y me doy cuenta que cada persona en el bar me están mirando justamente a mí. Sin quedarse atrás, Jenna sale del cuarto trasero trastabillando y rápidamente vomita por todas partes. Su vestido está separado en la espalda y a duras penas cubre lo esencial, lo que sólo hace que su visión sea más patética.

También es escandalosa. La miro de vuelta, sintiendo absolutamente nada. Ni odio, ni rabia realmente... sólo un vacío emocional.

Bueno, al menos los invitados a la cancelada boda no estaban *mirándome* más.

Varias personas se apresuraron hacia Jenna y yo estoy más que feliz de apartarme del camino. Forest viene hacia mí, con rostro molesto.

"¿Qué carajos?" dice él. "Dios mío, estás sangrando."

"Jenna se metió al cuarto trasero y luego saltó sobre mi" digo, lo suficientemente alto para que un par de personas ayudando a Jenna se volteen y me miren. "Asher sólo se asomó en el momento equivocado."

"Vamos," dice Forest, halándome fuera de la barra. "Vamos a limpiarte la cara, hombre."

Me arrastró hasta el baño, intentando sacarme la sangre de la cara. Cuando salimos, el bar estaba vacío. Me sentí aliviado de alguna forma.

Me senté en la barra mientras Forest buscaba a su prometida. Gunnar y Maia están apilando flautas de champaña en el bar, luciendo sombríos. Pongo mi cabeza hacia abajo en la barra, sintiendo el frío del tope de mármol.

De hecho no *hice* nada, pero siento como si hubiera destrozado la boda de Asher de alguna manera. Apuesto a que él piensa lo mismo, de seguro.

Escucho un tintineo, levanto mi cabeza y me encuentro con Emma viniendo del otro lado de la barra, colocando una botella de Borbón Bulleit en ella. Tiene dos vasos gigantes de brandy en una mano y camina hacia mí, colocando la botella junto a mi cabeza y sentándose a mi lado.

Trato de no prestarle atención a sus curvas, pero no hay forma de negar que estén allí en ese maldito y sensual vestido de ella. Y sus ojos lucen increíbles en este momento, como dos esmeraldas perfectas.

Detente, me digo a mí mismo. *Estás siendo un viejo asqueroso.*

"Siento que necesitas esto," dice ella, asomando su cabeza por un lado. Pone los vasos en el tope y destapa la botella, sirviendo un poquito para ella y bastante para mí.

Sonrío. "Sí, probablemente sí."

Tomo el vaso que está sosteniéndome, luego lo choco con el de ella.

"Salud," dice Emma. Ambos tomamos un sorbo al mismo tiempo. Suspiro mientras el fuego líquido quema su camino a través de mi garganta. Emma traga y hace una cara rara.

"Asqueroso," dice ella, encogiéndose de hombros. "¿Cómo te bebes esto?"

Hago contacto visual con ella, mientras vacío mi vaso de unos cuantos sorbos. Ella sonríe maliciosamente y sacude su cabeza.

"Asumo que vas a contarme lo que pasó con Jenna" comenta ella.

La miro. Puedo sentir sus ojos sobre mí, dándome una rápida mirada evaluativa. ¿Qué es lo que ve? ¿Un hombre de treinta y tantos que no hace más que atender un bar y surfear? ¿El hijo mayor de dos adictos que abandonaron a sus hijos y me dejaron a cargo de ellos a los catorce?

No hay nada bueno que ella pueda ver, de eso estoy seguro.

Aunque me guste mucho saber qué es lo que está pensando, me resisto. En vez de eso, alcanzo la botella de Borbón.

"Voy a necesitar mucho más de esto. Entonces, quizás, te diga." No puedo evitar la mirada que le lanzo, la seductora. "Si eres buena."

Las mejillas de Emma se encienden de manera bonita. Me sirvo un poco más de whiskey, ignorando la voz detrás de mi cabeza que dice que esto es una mala idea.

Sostengo mi vaso en alto. "Hasta el fondo."

2

EMMA

Giro en mi cama, frunciendo el ceño cuando golpeo algo duro y puntiagudo. Mis ojos se abren un poquito y veo a un Jameson sin camisa a pocos centímetros de mi cara. Me topé con su codo, aparentemente.

Oh, mierda.

Mi boca se seca mientras su imagen se cuela por mis ojos. Su cabello oscuro elegante, sus cejas pobladas y su nariz altiva. Sus ojos están cerrados, pero me tomo el tiempo para apreciar sus pestañas negras, posadas sobre sus mejillas. Y sus pómulos... Nunca había visto un hombre cuyos pómulos fueran tan... envidiables. Aún cubierta de barba, eran jodidamente hermosos.

Entonces, me encontré junto a Jameson, y no fui capaz de dejar de verlos. Tragué con dificultad. Él es tan... *grande*. Y tan...

Gggrrrr. Escuché ese sonido en mi cabeza cada vez que él tomaba una caja pesada de la repisa. Sólo... *ggggrrrr*.

Miré más abajo hacia sus hombros fuertes, sus tonificados brazos, pectorales musculosos y abdominales. Es casi desafortunado que su ingle esté envuelta en la sábana. Pero es mejor así, porque no creo que sería capaz de mantener las manos quietas, en este momento, si él estuviera completamente desnudo.

Pasé un malísimo rato anoche, cuando traje a un Jameson muy ebrio a mi apartamento. Él estaba planeando dormir en el bar, sin querer ir a la casa que comparte con Asher.

Siendo la heroína que soy, le ofrecí traerlo a mi hogar... para dormir. Y fui testigo de una rara visión de un Jameson borracho dejando que todo fluyera. Y porque todo fluyera quiero decir que su pene sobresalió orgullosamente hacia su estómago, al tiempo que él se concentraba en mí.

Entonces, se quedó atónito frente a mí. Yo estaba congelada allí, pensando si todos mis sueños adolescentes se habían hecho realidad. Sólo de pie allí, parpadeando ante él, un poco boquiabierta. Él me tomó por la nuca y descendió hasta mi cara, conectando su boca con la mía.

No hubo tiempo para pensar o protestar. Sus labios estaban calientes y húmedos contra los míos. Abrí mi boca para él, y él tomó lo que le ofrecí, acariciando mi lengua con la suya. Cerré mis ojos, saboreando caramelo y whiskey en su aliento.

Gruñó de satisfacción en una manera masculina, y el sonido hizo que apretara los dedos de los pies. Entonces, me soltó.

"Mierda, estoy muy borracho," balbuceó.

Y, entonces, se desmayó en mi cama.

Todo esto pasó justo frente a mí, porque soy quien soy. Soy Emma Alderisi, la hermanita de Asher y la niña de oro de mis ricos padres. Mi madre y mi padre hicieron un buen trabajo al criarme para tener estándares tan imposibles en cuanto a hombres y al mundo en general, que *aún* soy virgen a mis veinticuatro.

Mi mirada se desliza por Jameson, y muerdo mi labio inferior. Él no sabe que parte, por supuesto. Así como tampoco sabe que desde que tenía quince años he tenido un plan.

Un plan para Jameson sea el *primero*.

Desafortunadamente, a pesar de todo mi coqueteo, básicamente Jameson no sabe que estoy viva. Para él, sólo soy la inocente hermanita de Asher.

Si tan sólo él tuviera un indicio de lo que pasa por mi cabeza...

Sí, sé que Jameson es tan negro como yo soy blanca. Sé que él nunca terminó la secundaria. Sé que hasta hace un par de años, él atendía bares y surfeaba, sin buscar nada más que eso.

Sé que es casi una década mayor que yo. Realmente, de verdad lo sé.

Pero esos hechos no cambian lo que *siento* por él. De hecho, sólo aumentan la enredada madeja de emociones que tengo, cada vez que Jameson tan siquiera me mira.

Frente a mí, Jameson se revuelve en la cama. Gruñe y su rostro entero se arruga de disgusto antes de siquiera abrir sus hermosos ojos oscuros.

"Miiiiieeeeerdaaaaaaaa," susurra.

Entonces, él abre sus ojos. Le toma un segundo mirarme, pero cuando lo hace, sus ojos oscuros se abren como platos. "Grandísima mierda. ¿Qué carajos estás haciendo en mi cama?"

Contengo una sonrisa. "Mira a tu alrededor. Esta es, claramente, *mi* cama."

Él mira a su alrededor y maldice otra vez.

"¿Qué carajos estoy haciendo aquí?" Entonces, el pánico en él parece acrecentarse. "Oh, Dios. No tuvimos—"

Jameson echa una mirada bajo la sábana que lo envuelve y se pone pálido. Yo no puedo hacer otra cosa que soltar una risita.

"No, no hicimos nada." entorno mis ojos. "Primero que todo, estabas demasiado ebrio para eso. Como... mucho, muy ebrio. Y, segundo, recordarías si tuvimos sexo."

Añado una pequeña sonrisa malévola al final de esa última oración. El destello de alivio en su rostro es un poco gracioso. Un poco hiriente también, pero más que todo gracioso. Jameson sólo gruñe y coloca una almohada sobre su rostro.

"Puede que aún esté ebrio," balbucea, amortiguado por la almohada. "Dios, si Ash se da cuenta que estoy aquí ahora mismo, me mataría. ¿Y si pensara que de hecho te cogí? Seguro quemaría el bar, luego nuestra casa y, *entonces,* me asesinaría."

Suspiré. "Sí, sí. Lo entiendo. No le diré a Asher dónde te quedaste. Sólo parecía que necesitabas un lugar dónde dormir que no fuese Cure."

Jameson quita la almohada de su rostro, entrecerrando los ojos ante el chorro de luz brillante que entra a través de la ventana de mi habitación. "No sería la primera vez, y no será la última."

"Hmm," digo, evasiva. "Bueno, debo irme a la biblioteca de Derecho. Puedo dejarte aquí para que sigas durmiendo..."

"Uh uh," dice él, levantándose rápidamente. "Debo irme. De otra manera sólo me quedaré en tu cama para siempre. Y tú no quieres eso."

Quiero decir, ¿*lo prometes?* Pero guardo silencio.

"Ya que estás despierto, ¿qué tal un poco de café?" cambié de tema. Debo intentar no atorarme con mi lengua cuando se levanta, dándome una larga y grata vista de su trasero musculoso.

Nunca pensé que si quiera me importaban los traseros hasta este momento exacto. Es una revelación. Puedo seguir el trazo de líneas difusas de bronceado que tiene por vestir el traje de baño a medias.

Demasiado pronto encuentra sus pantalones y se los sube. Sin ropa interior. Ese es otro hecho que no olvidaré pronto.

Por supuesto que no viste ropa interior. Es tan *Jameson* de su parte.

"Un café estaría muy bien," grazna, dándose la vuelta. "¿Has visto mi camisa?"

Señalo la lámpara, adonde su camisa aterrizó anoche cuando estaba desvistiéndose. Se da la vuelta para ir a por ella.

Me levanté dándome cuenta que, probablemente, necesitaré colocarme más que la franela gigante y el pequeño short para dormir que estoy vistiendo. Por fortuna, Jameson pregunta por el baño.

"Por el pasillo a la derecha" digo. Dejo escapar un pequeño suspiro de alivio. Quiero seducir a Jameson, pero no quiero tan solo *desnudarme* frente a él. Eso sería raro.

Rápidamente me cambio con un nuevo brasier, unas pantis y un vestido de flores azul claro. Para cuando Jameson está de vuelta, estoy peinando mi cabello en una rápida trenza lateral y deslizando mis pies en un par de tacones.

"¿Café?" pregunta él, husmeando en la habitación.

"Ve a la cocina," le digo corriéndolo. "A la izquierda."

Tomo mi bolso lleno de libros y mi teléfono, para luego seguirlo hasta la cocina. Ésta es diminuta, con todos los electrodomésticos de la mitad de su tamaño normal. Jameson se ve gracioso de pie frente a mi mini-cocina, como un gigante que se ha extraviado en el camino.

"Siéntate," le ordeno, señalando una silla solitaria. Me descuelgo mi bolso y éste golpea el suelo con un ruido sordo.

"Dios mío, ¿qué llevas ahí?" pregunta él, sentándose.

"Runas, encantamientos. Tú sabes, todo lo que necesito para

educar a mi aquelarre," digo. Sonríe ante eso por una fracción de segundo, antes de fruncir el ceño. Comienzo a colocar el agua a hervir y a tomar la prensa francesa del estante.

El ritual de hacer café se siente muy relajante luego de una mañana de nervios y lujuria combinadas. Evalúo los granos y los muelo, luego los vierto en la prensa con el agua hirviendo.

Mi compañera de piso Evie entra en la cocina, deteniéndose en seco cuando ve a Jameson. Ella es una niña de papi y mami, hermosa, de piel café que a veces toma turnos en Cure. Aún está vistiendo el mismo vestido turquesa de coctel que le vi usar anoche; y su cabello es un desastre total.

"Uhhh..." dice ella, mirándonos a Jameson y a mí.

"Hola Evie," la saludo causalmente. Claramente estoy ignorando el hecho de que es un poco raro que Jameson esté aquí... y el hecho de que Evie ha estado fuera toda la noche, por supuesto. "Estoy preparándole un poco de café a Jameson. ¿Quieres un poco?"

Lleno una taza y se la ofrezco a Jameson. El aroma es adorable, llenando el pequeño espacio en el que estamos. Evie parece un poco lenta en procesar mis palabras. Sacude su cabeza, con su mirada aún paseándose entre Jameson y yo.

"Nah," dijo ella, arrugando su nariz ligeramente. "Yo, este... me voy a dormir."

"Okey," respondo, dándole una mirada con ligera preocupación. "¿Estás bien?"

El rostro de Evie se torna de un rosa brillante. "Sí. Sólo... Hablamos más tarde. Y Jameson, te veré después esta semana."

"Seguro," farfulla él, desentendido de todo excepto de su taza de café. Se las arregla para beberse la mayor parte de ésta, a pesar del hecho de que aún no le ofrecí leche o azúcar.

Evie se desliza fuera de la cocina. Me sirvo mi taza de café. Mientras inhalo el aroma agradecida, Jameson se levanta y coloca su taza en el lavaplatos.

"Debería irme," dice. "Gracias por... tú sabes."

"Me considero a mí misma como una salvadora," le digo, bromeando. "Sin mí, probablemente estarías despertando con todo tipo de dolores musculares en este momento."

Una esquina de la boca de Jameson se eleva. "Si tan solo pudieras hacer algo sobre lo de Asher."

"Eso es pedir demasiado, incluso para mí." Estoy bromeando, pero sólo en parte.

Él sacude su cabeza, mirando al suelo. Melancólico, como siempre. Es tan condenadamente guapo, que es un poco difícil mirarle.

"Te veré luego," dice. Y luego se retira, buscando el camino fuera de mi apartamento.

Sorbo mi café, quemando un poco mi boca. El sabor amargo me causa una mueca y dejo mi taza en el mesón de la cocina. Estoy sacando una botella de leche del refrigerador cuando Evie vuelve.

Se ha cambiado el vestido turquesa, pero su cabello sigue siendo un total nido de pájaros. La miro.

"¿Cambiaste de parecer sobre el café?" pregunto.

"No," responde ella, sacudiendo su cabeza. "Escuché que se fue. ¡Ahora quiero la primicia! ¿Qué demonios pasó?"

Quizás me he emborrachado y confesado mi amor por Jameson unas cuantas veces desde que vivimos juntas.

"¿Con Jameson?" pregunto. Suspiro dramáticamente. "Nada. Él estaba borracho. No podía irse a casa. Le salvé de una noche durmiendo en alguno de los muebles del bar, eso es todo."

Ella arqueó sus cejas, la verdadera imagen de la incredulidad. Esa cara de remilgado escepticismo es como sé que ella nació con dinero. Mi mamá y sus amigos solían hacerla todo el tiempo.

"¿Eso es todo?" dice Evie.

"Lo es," respondo. Sostengo en alto mi mano derecha con dos dedos apuntando arriba. "Palabra de exploradora."

"Mmmhmm." No parece del todo convencida. Evie abre el refrigerador y saca una bolsa de retoños de zanahoria.

"¿Debería si quiera preguntar dónde has estado?"

Se sonroja. "¿Yo? Realmente, no he estado en ninguna parte."

"Eso no es lo que tu cabello *luego del sexo* me está diciendo en este momento," digo, señalando la melena que intenta acomodar sin éxito.

Evie muerde una zanahoria. "Me reservo mi derecho a testificar. De cualquier manera, debo acostarme. Necesito dormir con desesperación."

"Mmhmmm," le digo, retirándome de la contienda. Ella mueve la zanahoria por el aire, mientras desaparece de la cocina.

Miro la hora en mi teléfono celular y entonces apuro mi café. Tengo un grupo de estudio de Derecho Constitucional pronto.

Me apresuro a la biblioteca que está a diez cuadras de mi casa, pero me encuentro que me es imposible concentrarme. Culpo a los materiales de estudio, honestamente.

¿Por qué estudiar sobre lo que dijo John Locke sobre la ley cuando podría concentrarme en cosas más fascinantes? Como la desnudez total y frontal de Jameson en mi habitación anoche.

Puede que no conozca un montón de penes, pero el suyo era... definitivamente intrigante, por lo menos. Largo y grueso, pero también delicadamente rosado.

Como el hombre en cuestión, no sabría siquiera qué hacer si lograba poner mis manos en él. Aunque eso no me impide soñar despierta, ¿o sí?

El día pasa bastante rápido de esa manera y, antes de darme cuenta, ya estamos por la tarde. Cuando finalmente termino de no estudiar en la biblioteca de derecho, recojo mis libros y me dirijo a Cure.

Llego allí justo cuando Jameson está abriendo las puertas. Él se ve tan divino como siempre, vistiendo un cuello en v azul marino, unos pantalones negros y sus Converse negras. También está llevando un morral, lo cual me hace tomar una pausa. No creo haberlo visto con uno desde que éramos niños.

Aun cuando lo vi hace unas horas atrás, literalmente, salivé un poco y mi pulso se disparó. Él se volteó y me miró, al tiempo que abre la puerta con su hombro.

"Hey," dice. Me dan escalofríos y me sonrojo al sentir sus ojos en mi pecho, en mis piernas desnudas. "Tiempo sin verte."

"Ha," respondo. Deseo decir algo más, pero no lo hago.

Para mi sorpresa, mantiene la puerta abierta para mí. Doy unos pasos dentro del oscuro bar, rozándolo a él al pasar.

"Ayúdame a abrir las persianas, ¿vale?"

Jameson está enfocado solo en el negocio ahora; obviamente, su mente está haciendo la lista de cosas que necesita hacer. No soy dueña de por sí, pero al ser la hermana de Asher tengo tragos y comida gratis como intercambio por ayudarles ocasionalmente.

Coloco mi pesado bolso sobre la barra, y entonces me ocupo abriendo las persianas, dejando que la luz vespertina se cuele en el lugar. Jameson desaparece en el cuarto trasero, probablemente contando dinero o algo así. Cuando termino, me dirijo hacia donde está el iPad que usan de caja registradora y coloco un poco de Sade en el estéreo.

Mientras la música sensual comienza a llenar el bar, me dejo caer sobre la barra. El morral de Jameson está justo ahí y está un poco abierto. Mordiendo mi labio, levanto mi mirada y me aseguro de que él no esté por venir.

Entonces, introduzco un dedo en el cierre abierto y miro adentro. Encima de todo lo demás, hay un libro. El último libro que esperaría Jameson llevara consigo, honestamente.

Es un libro de Matemáticas para el Diplomado de Educación General. Lo hago a un lado con un dedo y veo que también trae consigo otros de ciencias y estudios sociales.

Sé que Jameson dejó la escuela joven. Cuando su abuela murió, abandonó el noveno grado para trabajar y cuidar de sus hermanos menores. No me había dado cuenta que a él le importaba no tener un diploma o que estaba estudiando para el de Educación General.

"Hey, ¿tú—"

Levanté la mirada, sorprendida y culpable mientras Jameson salía del cuarto trasero. Retiré mi mano rápidamente, pero era demasiado tarde para ser sutil de repente. Él ve lo que yo estoy mirando y se sonroja un poco.

Oh, Dios mío, esta podría ser la primera vez que le he visto sonrojarse. Ni siquiera sabía que la vergüenza cabía en él hasta ahora. Él siempre es tan seguro de sí mismo.

Arrogante, a veces. Descubrir que mi percepción de él está distorsionada... es un golpe.

"¡Lo siento!" solté. "Sólo soy... entrometida. Y curiosa."

Él se acerca a la barra y toma su morral. "No es nada. Sólo algo en lo que estoy pensando."

"Sí es algo," digo.

De inmediato sé que he dicho algo malo, porque la expresión en su rostro es más cautelosa.

"No todos tienen una familia rica que pueda ponerlos en la escuela de leyes," aúlla Jameson, dirigiéndose al cuarto trasero.

"Oh, Jameson—" digo, pero él desaparece de mi vista. Me obligo a levantarme, apresurándome alrededor de la barra. Cuando llego a la oficina, lo encuentro contando el dinero de la caja registradora.

Espero hasta que termina, recargándome contra la pared. Él sigue mirándome, consciente de mi presencia, pero no deja de hacer lo que está haciendo.

Cuando ha contado el último billete, respiro profundamente.

"Eso salió mal," digo. "Lo que quise decir fue, creo que si estás interesado en hacer el Diplomado de Educación General, deberías hacerlo."

"Gracias por darme permiso," dice él inexpresivamente. Pero, al menos no está aullando. Se mueve pasándome por el frente y le sigo.

"Sólo jamás me imaginé que estuvieras interesado en ello. Honestamente, pensé que tu vida se repartía entre surfear y trabajar."

Jameson no responde. Me preocupa estar cavando cada vez más profundo en un hueco del que no pueda salir. ¿Qué puedo decir para mejorar las cosas? Él comienza a sacar frutas de los enfriadores compactos: limones, limas y naranjas.

"Hey," digo, sacando popotes. "¿Qué tanto sabes de álgebra?"

Él levanta la mirada hacia mí, tomando la tabla de cortar. "No demasiado, como puedes imaginar."

"Pero apuesto a que sabes básicamente todo sobre surfear, ¿verdad?"

Él saca un cuchillo de no sé donde detrás de la barra y empieza a cortar gajos de limón y lima. "Me gusta pensar eso."

"¿Te parece un intercambio entonces? Te asesoro para tu diploma de Educación General porque tengo un montón de conocimiento extra, y tú me asesoras en surfear porque jamás he tocado, siquiera, una tabla."

Hizo una pausa con el cuchillo en el aire. "¿Nunca?"

"Ni una vez. Mamá dijo que era indecente." Dije entornando mis ojos.

"No lo sé," dice él, frunciendo el ceño. Vuelve a concentrarse en cortar los limones y limas. "No creo que a Asher le gustaría."

"Vamos. ¡Asher ni siquiera te está hablando!" respondo cruzando mis brazos. "¡Hablo en serio! Quiero aprender a surfear."

Y quizá pasar un poco más de tiempo contigo, con menos ropa, pienso para mí misma.

Él sólo da una pequeña sacudida con su cabeza. "Unh uh."

"¿Cuál es la pendiente de una línea?" pregunto. "¿Cuál es la fórmula cuadrática o el teorema de Pitágoras?"

Las puntas de sus orejas se tornan rojas. "No lo sé."

"¡Por eso esto es perfecto!" declaro. "De verdad, probablemente podrías estar listo en un mes. Y yo podría beneficiarme de la vitamina D de estar en la playa. Es buena para mejorar el ánimo. ¡Será bueno para los dos!"

Contengo mi respiración, esperando. Jameson vacila.

"Tu hermano no puede saber de esto," dice. "Él ya piensa que soy una mierda. Incluso antes de arruinar su boda, cosa que él piensa que hice, definitivamente."

No puedo contener mi sonrisa. "¡Sí! No te arrepentirás de esto. Lo prometo."

Como si fuese invocado, Asher abrió la puerta justo en ese momento. No tiene la expresión de quien recién ha comido un limón que esperaba tuviera, pero tampoco se ve contento.

Sólo estoy impactada de verlo tan pronto, honestamente. Pensé que se escondería por una semana o más para lamer sus heridas.

"¿Qué?" me ladra. "Busca otro lugar para estudiar. Es sábado. Vamos a estar ocupados esta noche."

Pasa rápidamente por el lado de Jameson, sin siquiera hacer contacto visual con él. Miro a Jameson, pero él asiente con gentileza.

"Tiene razón," dice.

Entorno mis ojos, luego tomo mi teléfono. Articulo con mi boca que le escribiré por texto.

Él echa una mirada a la parte de atrás por donde Asher desapareció. No dice nada más, así que tomo mi bolso y me dirijo hacia la puerta.

Camino la cuadra hacia la playa, protegiendo mis ojos del

brillo del sol de la tarde. El océano está ahí, las olas chocando en la playa. Voy a enseñarle a Jameson y él a mí.

Afortunadamente, si algo tengo que decir al respecto, es que él me asesorará en mucho más que atrapar olas. Sonriendo para mí misma, deambulo por la playa.

3

JAMESON

Al siguiente día en el trabajo, estoy aliviado de no tener que ver a Asher. En su lugar, somos Gunnar y yo abriendo, junto a Alice y Maia apareciendo un poco más tarde.

Comienzo la preparación de mi bar en silencio, pensando en la porquería de show de anoche. Estaba a reventar y Asher estaba haciendo cuenta que yo no existía. Decir que anoche fue rudo es quedarse corto.

Desearía molestarme por lo retorcido que fue y de cómo no lo vi venir. Pero, el problema fue que de alguna forma sabía que podía terminar así.

Amo a Asher. Sin rodeos, lo amo completamente. Él es tan hermano mío cómo lo es Forest o Gunnar. Lo acompañaría hasta el infierno de ser necesario. Cuando nos emborrachamos en su fiesta de compromiso y dijo que tenía un plan para Cure, lo apoyé aun cuando él no tenía idea de lo que estaba hablando.

El problema es su prometida. O ex prometida, supongo. Jenna siempre ha sido extrañamente celosa del tiempo de Asher. Se molesta cada vez que él tiene que pasar tiempo en Cure, pelea una vez a la semana.

Además, está el hecho de que trata a todos como una porquería. Sólo que esa no es siquiera la parte *mala*. Es la manera en la que ella se refiere al futuro lo que me hace odiarla.

Ella siempre ha estado tan segura de que él se va a cansar del bar, que eventualmente él crecerá y, de repente, le gustará más sus amigos que nosotros. Ella se ha mostrado bastante clara sobre este tema en numerosas ocasiones.

Por eso era que yo estaba tan descolocado ayer cuando hizo su jugada, tratando de agarrar mi pene y de besarme. Pareció que salía de la nada, pero quizás esa es alguna clase de mierda de personas ricas que yo no puedo ni entender.

La parte en la que se convirtió en mí problema, fue cuando decidí confrontar a Asher. En vez de escuchar lo que estaba diciendo y tomarlo en consideración, perdió los estribos. Entonces, me atacó.

Las cosas han estado tensas por unos cuantos meses, pero no me esperaba nada como lo sucedido antenoche. Asher entrando justo en ese momento y asumiendo que yo hice algo malo...

Fue algo bastante cruel.

Mientras los clientes comienzan a entrar, manejo bien el servicio, sin ganas de parar y hablar. Me gusta trabajar sirviendo en días como hoy, porque no quiero tener tiempo para pensar.

Maia y Alice traen los tickets y yo me encargo de preparar las bebidas. La mayor parte de los cocteles me los sé de memoria. Es como una especie de línea de ensamblaje, con ligeras variaciones en las mismas seis o siete bebidas.

Lo hago por casi cuatro horas, ocupando el tiempo entre órdenes en usar el lavaplatos bajo el mostrador y reabasteciendo el licor en las repisas.

No es sino hasta que Gunnar se coloca detrás de mí, palmeándome en ambos hombros, que me detengo un momento para mirar alrededor. El bar está callado, lo cual es bastante normal para un domingo por la noche.

"Puedes irte," dice. "Estoy a punto de mandar a una de las chicas a casa también. Sé que ustedes estuvieron destrozados anoche. Probablemente no dormiste mucho, ¿eh?"

"Creo que... estoy bien." Incluso, mientras lo digo, siento el deseo de irme. "De hecho... sí. No quiero irme de aquí temprano."

"Lo sabía," dice Gunnar. "Soy psíquico."

"¿Seguro que eres bueno?" pregunto, frotando la parte de atrás de mi cabeza.

"Sí," dice Gunnar de buen humor. "Lo tengo controlado."

Palmeo su hombro y me dirijo al cuarto trasero. Intercambio mi delantal de bartender por mi sweater con capucha, tomo mi morral y luego me dirijo hacia la puerta del frente.

Oficialmente, está oscuro ahora. Camino hacia la playa, la cual está a tan solo una cuadra de distancia. Aunque no puedo ver mucho del océano, la brisa marina y el sonido de las olas hacen su magia. Respiro profunda y calmadamente.

Camino un poco por la orilla con mis pensamientos dispersos. Siento el teléfono vibrar en mi bolsillo por primera vez en toda la noche.

Lo saco y me doy cuenta que tengo varios mensajes de texto de Emma.

¡Hey! ¿Qué harás?
¿Quieres estudiar?
A punto de ponerme la pijama si no me respondes...

Éste último tan sólo tiene un minuto de ser recibido. Veo en mi cabeza una imagen de ella en pijamas, la cual se quedó grabada en mi cabeza hace unos días esta semana.

Sé que tengo que sacar mi mente del foso en el que está, pero no puedo evitarlo. Sonrío un poco para mí mismo, mientras le respondo.

Aquí estoy. Acabo de salir del trabajo. ¿No es muy tarde para estudiar, verdad?

Unos segundos después, tengo mi respuesta.

Nop. ¿Quieres venir?

De verdad, quiero. Pero le respondo: *Claro. Estaré allí en 5.*

Camino hacia su casa, la cual está a unas cuantas cuadras de la playa. Es una casita destartalada pintada de azul bebé y apenas con el espacio suficiente para dos dormitorios. Ni un patio del que hablar, sólo arena rodeada por una cerca de estacas blancas.

Cuando me acerco a la casa, Emma está sentada en el porche, leyendo de un libro gigante. Su cabello negro está trenzado alrededor de su corona y sus piernas largas ligeramente bronceadas, cubiertas por un pequeño short. Viste una camiseta rosada enorme y está descalza, y la encuentro acurrucada cómodamente en una gran silla lunar de color gris.

Esta es realmente una idea terrible, dice una voz en mi cabeza. Sólo una mirada a ella y ya estoy sintiéndome jodidamente culpable. Pero todo mando al carajo y me dejo entrar por la chirriante puerta de la cerca.

Emma levanta su mirada y sonríe, sus ojos azules son cálidos.

"Hey," me saluda.

"¿Estoy interrumpiéndote?" pregunto, señalando con mi cabeza a sus libros.

Ella lo cierra, sacudiendo su cabeza. "Para nada. Estaba buscando cualquier razón para no estudiar derecho inmobiliario."

"Mmm," digo. Miro la silla vacía a su lado con una pila de más libros. "¿Puedo sentarme?"

"Sip." Ella toma todo lo que está en la silla y lo apila cuidadosamente en el suelo. "Ponte cómodo. ¿Quieres algo de beber?"

Me siento, repentinamente un poco auto consciente. La silla es de pura madera y es muy pequeña para mi gran tamaño. Me quito mi morral y lo coloco en el suelo. "Uh... naaa."

"Tengo vino," dice ella con expresión pensativa. "Un par de botellas que trajo Asher. Pinot noirs, creo."

"No, gracias. Todavía estoy tratando de recuperarme del atracón borracho del viernes," digo, haciendo una mueca. "Aunque, si tú quieres puedes beber."

Ella hace un gesto con su mano. "No es necesario. ¿Trajiste tus libros?"

"Sí." Abrí mi morral y saqué los libros de ciencias y matemáticas del Diplomado de Educación General. "No estoy seguro por dónde comenzar."

"¿Tienes un plan de estudios? ¿Le dedicas algunos días de la semana o estudias algunos temas? O..."

Mi expresión perdida fue suficiente para que sus palabras se apagaran. Sacudo mi cabeza apartando mi mente de sus profundidades. No es una sensación reconfortante.

"Okey," dice ella. "No es gran cosa. Aunque creo que lo mejor es que establezcamos un sistema de estudio."

Inclino mi cabeza. "Si tú lo crees."

Emma me sonríe. "Sí lo creo. Veamos... ¿Cuántos días tienes disponibles para estudiar y por cuántas horas?"

Ella se estira y toma el libro de matemáticas que sostengo, rozando su mano con la mía. Trago saliva, tratando de recordarme que no soy un adolescente y que esto no es una novela. No está pasando nada de esas cosas de "tutora caliente" aquí.

Me remuevo en mi silla, deseando que mi cuerpo cumpla con los deseos de mi cerebro.

"Probablemente dos noches a la semana y ¿una o dos horas?" Respondo.

Ella levanta la mirada del libro, mordiéndose el labio. "¿Hay alguna probabilidad de que sean tres días? ¿Y que sean dos horas? Eso sería lo ideal."

Vacilo, luego sacudo mi cabeza. "No lo creo. Al menos en el número de días. Tengo que hacerme cargo de Cure y tengo que surfear, al menos, un par de veces a la semana. De otra manera, perderé mis estribos con alguien muy rápido."

Ella parece un poco desconcertada, pero se encoge de hombros.

"Okey. Probablemente sea... un mes y medio o dos," dice ella, pasando rápidamente las páginas del libro. "Espero puedas embutir un millón de cosas en tu cerebro."

"Bueno, ayuda que esté roto por partes. Ya he tomado las partes de inglés y ciencias sociales."

Emma se ilumina con mi respuesta. "¿En serio? ¿Las hiciste?"

Asiento.

"¡No puedo creer que no le hayas dicho a nadie!" dice, golpeándome ligeramente en el brazo. Arruga su nariz. "Dios mío, es como pegarle a una roca o algo así."

Me río. "¿Necesitas que haga unas flexiones de pecho por ti?"

Ella sonríe. "Quizás más tarde. ¿Por dónde vas en este libro?"

Me encojo de hombros, volviéndome a sentir incómodo. "Mmm, como un cuarto del total. Aunque, no me siento seguro de nada de lo que he leído, honestamente."

Ella frunce sus labios, pensando.

"Está bien. Vamos a empezar tomando la primera prueba de prácticas en el libro. Entonces puedo saber en dónde estás, y arrancar desde ahí."

"Okey." Me acerqué un poco más a ella para ver el libro.

Ella me sonríe, llevándose un mechón de cabello negro detrás de la oreja. Cuando baja la mirada hacia el libro de matemáticas en su regazo, me doy cuenta de la delgada columna que es su cuello pálido, moteada aquí y allá con algunas pecas.

Emma da la vuelta a las páginas del libro y consigue la primera prueba. "Aquí está. ¿Estás listo?"

Asiento. Emma me hace el primer par de preguntas. Son bastante simples, con una matemática bastante sencilla. Entonces, tengo sacar un cuaderno y un lápiz para las próximas preguntas.

"Parece que ya tienes resueltos la mayor parte de estos, no hay problema," dice cuando hube terminado la prueba.

"Sí. Es como… la fórmula de la que estabas hablando ayer. O la cosa esa que te dice cuándo multiplicar y cuándo restar… ¿cómo es que se llama?"

"¿El orden de las operaciones?" Ondea una mano. "Cosas como esas son bastante fáciles. De verdad, es sólo cuestión de memorizar las cosas. Puedo hacer unas fichas rápidas para ti la próxima vez que nos veamos."

"Bastante bien," respondo encogiéndome de hombros otra vez. "Ahora, vamos con ciencias… esa es una cosa diferente. No son cosas tan fáciles para trabajar como las matemáticas. Las matemáticas son como… más concretas, creo."

Ella arruga su frente. "¿Estás tratando de decirme que no quieres ser un astrofísico?"

"No tan pronto." bajo la mirada, dándome cuenta que estoy apretando y soltando mis puños de pura incomodidad y nerviosismo. Emma es tan jodidamente educada, y yo apenas puedo entender las matemáticas para imbéciles que ella está tratando de enseñarme.

Estoy tan fuera de mis putas profundidades aquí, ni siquiera es gracioso. Afortunadamente, ella no se da cuenta que estoy tan incómodo… o, al menos, no dice nada.

"Está bien, déjame ver el libro de ciencias." Ella extiende una mano y yo dejo caer el pesado texto sobre ella. "Dios mío. Aparentemente tienes que saber un montón de ciencias para graduarte de secundaria."

Asiento silenciosamente y ella da vuelta a las páginas del libro. "Oh, esto es genial. Parece que tienes más flexibilidad aquí. Probablemente puedas adivinar cualquier otra pregunta leyendo y usando la lógica. Quizás no sea tan difícil para ti."

Me encojo de hombros. "Si tú lo dices. Realmente no he estudiado mucho de ciencias porque parecen imposibles. "

Emma levanta su mirada, frunciendo las cejas. "Jameson, eres una de las personas más inteligentes que conozco. En serio, por eso me sorprendió que fueses a hacer el DEG. Cuando estés listo, esta prueba va a ser tu perra."

Siento mis orejas calentarse un poco. El hecho de estar siendo motivado por alguien diez años menor a mí, por algo tan básico... es un pequeño golpe al ego. "Definitivamente voy a reprobar duro en el primer intento."

"De ninguna manera," dice ella, sacudiendo su cabeza. "Ese es el objetivo de que estudiemos juntos. Cuando terminemos, vas a destrozar esa prueba. Lo lograrás a la primera."

Entorné mis ojos. "Pareces bastante segura del desenlace."

Ella se muestra pensativa. "Sólo necesitas algún tipo de motivación. Algo grande cuando hagas la prueba. Una recompensa por tu dedicación."

"¿Cómo qué?" Digo, dándole a ella una mirada escéptica.

"Hmm. No lo sé. Tendré que pensar en ello. ¿Tienes planificada alguna compra grande este año?"

"No realmente. Tengo varias tablas de surfear. Tengo un carro. Tengo una motocicleta. Tengo el bar. Realmente, las únicas cosas que quiero, ya las tengo." Y es bastante cierto. Tengo casi todo lo que quiero.

Bueno, excepto una novia, pero eso es complicado. Terminé con la última hace unos meses. Entre Cure y el DEG no he vuelto a pensar en salir con nadie desde entonces.

No es como si le fuera a contar algo de eso a Emma. Despejo mi garganta, moviéndome un poco más para colocar una pulgada más de distancia entre nosotros.

"Bueno, piensa en eso. Esta ha sido una sesión para recabar información más que nada. Me ayudará a formular un plan de ataque."

"Sólo... no coloques la barra de medir muy alto." Me froto la nuca. "Recuerda que probablemente falle. Abandoné el noveno grado por una razón."

Emma parece inmediatamente desdeñosa.

"Sí, la abandonaste para asegurar de que Forest y Gunnar

tuvieran un lugar adonde vivir. Yo sólo—" hace una pausa, luego pone una mano en mi rodilla. Se siente cálida a través de mis jeans. "Espero que entiendas que abandonar la escuela no te hace estúpido."

Me pongo inquieto escuchándola decirme esas cosas, y me levanto. Sé que es descortés, pero es mejor de esta manera. "Sí, bueno. ¿Terminamos por esta noche?"

Si ella está sorprendida por mi reacción, no lo sé.

"Sí. Por supuesto." Apila todos mis libros y me los tiende. Los tomo, recogiendo mi morral y metiéndolos en él. "Hey ¿cuándo vas a empezar a enseñarme a surfear?"

Me encojo de hombros. "Cuando quieras. Mañana no, pero quizá... ¿pasado mañana?"

Su sonrisa iluminadora regresa. "¡Me encantaría!"

"Te escribiré." monto mi morral en el hombro, listo para irme. Me detengo. "Y Emma... Gracias."

Ella se sonroja. "No hay problema. La próxima vez que nos veamos para estudiar estaré más preparada. Tendré un paquete de fichas rápidas, creo."

Mierda, realmente se está tomando esta porquería en serio. Probablemente, esto no termine como ella espera que lo haga.

Sólo inclino mi cabeza y me alejo del porche, a través de su césped arenoso. Miro hacia atrás una vez y la observo mirándome; esos ojos azul brillantes lo contemplan todo.

Esta no fue una buena idea, pienso mientras me dirijo a casa.

4

EMMA

Miro mi teléfono por, quizás, quincuamilésima vez, aunque no espero realmente nada nuevo pasando por la pantalla. Todo lo emocionante ya ha pasado. Tengo un muy esperado mensaje de texto de Jameson, con detalles muy precisos para esta tarde.

¿Lecciones de surf hoy?
¡Por supuesto! ¿Dónde y cuándo?

Entonces, esa espera, con sólo esos tres puntos indicando que está escribiendo. Detesto esos malditos puntos. Luego, finalmente me responde.

¿Nos encontramos en Joe Surf? A eso de las 2.
¡Definitivamente! Respondo inmediatamente de vuelta.

Eso fue al medio día. Ahora es la una y cuarto y estoy deslizándome por mi más diminuto bikini. Me miro en el espejo de mi habitación desordenada, recorriendo con mi vista el pequeño top rosado en triángulo pegado a mi piel bronceada.

Me volteo y miro mi trasero, indecisa. Echo un vistazo a la pila de otros trajes de baño, mordiendo mi labio inferior. Puede que esté vistiendo el más pequeño, pero es poco práctico para todo menos para broncearme. Una ola mal encarada, y el top no será más que un recuerdo.

Suelto un suspiro justo cuando Evie golpea la puerta abierta de mi habitación. Está vestida como si fuese a trabajar, con un pequeño vestido negro y tacones. Su piel café con leche se ve todo menos brillante, y su cabello oscuro a medio volumen, arreglado en rizos naturales. Se ve como una chica de un millón de dólares, lo cual es bueno ya que conociendo a Evie, su vestido y zapatos probablemente cuestan tanto como un carro.

Me dio una mirada rápida. "¿A quién estás planeando seducir? ¿A Jameson?"

Me avergüenzo. "¿Es tan evidente?"

"Sí. Quiero decir, si el top de ese traje de baño fuera un poco más pequeño, simplemente dejaría de existir." Evie se ve ligeramente divertida. "Aunque él es ridículamente guapo."

Me desplomo sobre mi cama. "Lo sé. Pero Asher ha declarado que él está fuera de mi liga por alguna razón. Yo estoy como... ¿a quién le importa, de verdad?"

Evie arruga su nariz. "¿De verdad te interesa Jameson? Pensé que sólo creías que era guapo."

"Lo es," contesto de inmediato. "Sólo quisiera tener la opción de cogerme a Jameson, si eso es lo que quiero."

"Entonces, viste un bikini ligeramente más normal para ir a la playa con él," dice Evie. Entonces frunce el ceño, colocando su mano frente a su boca. "Rayos, debí haber comido algo que no estaba de acuerdo con mi estómago."

"¿Estás bien?" pregunto, sentándome.

"Sí. Sólo son náuseas. Como sea, tengo que irme. Debo llevar mi carro a la tienda." Me sonríe. "Buena suerte con la seducción, ¿supongo?"

Resoplo y asiento. "Gracias. Te veo más tarde."

Ella asiente, con su mente en otra parte, evidentemente. Rebusco en la pila de bikinis y termino con uno blanco con un poquito más de cobertura. Entonces, saco un short de jean que realza mi figura y un top negro de tiras.

Después de vacilar un minuto, decido usar unas Converse. Tomo una toalla gris de rayas junto a mi cartera, con mi teléfono y mis lentes de sol en su interior, y me dirijo a la puerta. Jameson está esperándome afuera de la envejecida tienda, apoyado contra la puerta frontal en sus jeans oscuros y con una camiseta negra.

Cuando me ve, parece un poco irritado. *Uh oh... ¿Qué hice?*

"Pensé que ibas a faltar," murmura él, cruzando sus brazos.

"Tan solo son las... 2:10," digo, revisando mi teléfono. "Dijiste que íbamos a vernos a las dos."

Él frunce su ceño mirándome, entrecerrando sus ojos ante el resplandor solar. "Me gustan las personas puntuales."

"Tómate una pastilla para la calma," digo, entornando mis ojos.

"Sabes, quizás esto fue una mala idea." Se despega del edificio, moviéndose hacia el estacionamiento. Parece bastante serio.

"¡Espera!" digo, corriendo hacia él y atrapando su brazo entre mis manos. Éste se siente tan musculoso que casi lo aprieto para asegurarme de no estar loca. El contacto parece detenerlo en seco. Me mira directamente a los ojos, clavándome en el sitio con su mirada. "Yo... Lo siento, ¿okey?"

Un momento de silencio se extiende entre nosotros, mientras la expresión de J se suaviza lentamente.

"Sólo sé puntual de ahora en adelante," murmura.

"Sí. Completamente."

Él sacude un poco su cabeza, resoplando. Entonces, se deshace cuidadosamente de mis manos, despejando su garganta. "Entremos."

Él empuja la puerta del frente, la cual rechina un poco mientras entro. Adentro es sorprendentemente moderno, toda de hormigón liso, cedro pulido y unos cuantos estantes de ropa cromados. A lo largo de la pared de atrás, hay una buena cantidad de tablas de surf terminadas y tres a medio proceso. También hay una mujer que está lijando una de ellas insistentemente.

La canción que estaba sonando en el ambiente se acaba, y la mujer se pone de pie, quitándose la mascarilla de papel. Es bastante bonita, rubia y delgada con un short de jean corto y un top amarillo. Aunque mira a Jameson como si él fuera barro en su zapato.

"Jameson." Se cruza ella de brazos. Estoy dispuesta a pensar que ella ha metido una pata en el territorio de J, y no le gustaron los resultados.

"María," la saluda él, agachando su cabeza. "Ha pasado un tiempo."

Ella le dirige una mirada terrible, y luego se da la vuelta hacia mí. "Si estás pensando en salir con él, hazte un favor. Cómprate un buen vibrador y ahórrate las molestias."

Mis mejillas se tornan rojas. "Oh, nosotros no—"

"Eso no es lo que—" trata de explicar él.

Miro a Jameson, y él a mí.

"Como sea," dice María. "¿Qué quieren?"

"Sólo queremos echar un vistazo," explica Jameson. "Ella nunca se ha subido a una tabla antes."

María no podría entornar más fuerte sus ojos aunque lo intentara. Sus palabras son malintencionadas y sarcásticas. "Fantástico. Entonces, ¿si no te importa?"

Volvió a colocar la mascarilla en su lugar, nos da la espalda y vuelve a seguir limando.

"Dios mío," le susurro. "¿Qué le hiciste?"

Él sólo mira hacia otro lado. "Ven. Vamos a ver sus tablas."

J se dirige hacia la pila de tablas de surf terminadas, inclinadas las unas con las otras. Toca la primera con cautela, levantándola casi con una reverencia. Es de color verde menta y unas pulgadas más alta que Jameson.

"Así que, hay un millón de tipos de tablas de surf," dice él, dándose vuelta. "Hay tablas largas y cortas. La parte de arriba, que es donde te paras, es la cubierta. El fondo usualmente es cóncavo y tiene una aleta."

Le da la vuelta a la tabla, mostrándome la aleta.

"Mmmkey," digo, mirando de reojo.

"La mayoría de las tablas tienen correas y un pequeño broche que se coloca a tu pierna." Vuelve a darle la vuelta a la tabla, mostrándome. "La nariz de la tabla puede ser redonda o inclinada, dependiendo."

"¿De qué están hechas?" pregunto.

"Usualmente, de poliuretano. Aquí en este lote hay unas cuantas configuraciones distintas de aletas y narices. Aquí está esta... Y esta otra..."

Él me muestra unos cuantos ejemplos más.

"Me parece que todas son iguales," digo encogiéndome de hombros.

"Sólo estoy diciéndote esto para que tengas la información. Tú, de todas las personas que conozco debería saber el valor de eso."

Él baja su mirada hacia mí, apuntándome con su nariz, cosa que me hace borrar la sonrisa.

"Claro," afirmo. Muerdo mi labio inferior, tratando de no mirarle como si yo quisiera saltarle encima.

Cosa que, en este momento, quiero mucho mucho hacer.

"Está bien. Echemos un vistazo a las otras cosas que tienen aquí." Él coloca la tabla con las demás. "Aquí, mira estos trajes de neopreno."

Jameson señala un estante de éstos de, prácticamente, todas las formas y tallas. Paseo entre ellos, sintiendo la textura elástica de uno entre mis dedos.

"Probablemente quieras uno. Es una decisión personal, pero el océano es jodidamente frío." Él sostiene uno que es como de mi talla. "Quizá quieras probarte este."

Lo tomo. "Es un traje de neopreno. ¿Qué tan necesario puede ser?"

Él se encoge de hombros. "Bastante, en realidad."

Entorno mis ojos. "De acuerdo. Me lo probaré en un momento. ¿Qué más?"

"Bueno, quizá quieras un poco de cera para surfear... Y muy buena protección solar..."

Sigo a Jameson por la tienda, tratando de no mirar el tamaño de sus manos y pies, o su trasero. Me siento como un chico; que constantemente estoy pensando en sexo cuando estoy cerca de él.

Pero sólo él. Ningún otro chico ha afectado mi mente de la manera que él lo hace. Suspiro para mí misma mientras él me guía por la tienda.

¿Algún día me prestará atención? ¿Seré virgen para siempre?

No estoy prestándole mucha atención, al tiempo que el tour por la tienda continúa, y me tropiezo con él. Mi cara se voltea hacia la de él, mientras me toma entre sus brazos para ayudarme a mantener el equilibrio. Estamos bastante cerca por un segundo, con nuestros rostros a tan sólo pulgadas de separación.

"¡Oh, lo siento!" digo, sonrojándome un poco. Mi cabello se esparce por todo mi rostro, una molestia como siempre.

Él me estabiliza, mirándome por un segundo. Alza su mano, apartando un pequeño mechón de cabello perdido entre mis ojos. "Hueles bien. Como a... limón, creo."

A él le gusta como huelo. Contengo mi respiración y miro hacia su boca. *¿Va a besarme?*

Pero no. Él se da cuenta muy rápido que está muy cerca para sentirse cómodo, y hace un esfuerzo para echarse hacia atrás.

"Correcto," dice. "De cualquier manera, estaba pensando en que podría prestarte una de mis tablas la semana que viene..."

"¿La semana que viene?" hice eco.

Él me lanza una mirada. "Sí, estaba diciendo que deberíamos ir a la playa la semana que viene a probar tus habilidades. Llevaré el protector solar y la cera para las tablas, sólo necesitas traer el traje de neopreno."

Y mira intencionadamente al traje en mis brazos.

"¡Cierto! Sí. Creo que debería probarme esto entonces."

Jameson mira su reloj. "Son solo las 2:40... Si me apuro, puedo atrapar unas cuantas olas antes de empezar mi turno nocturno en Cure. No te importa, ¿verdad?"

Me desmoralizo un poco. Supongo que realmente no importaba el color del bikini que me puse hoy porque él se va sin verlo.

"Uh, claro," digo.

"Está bien. Te veré pronto, sin duda."

Por un segundo, hay un momento embarazoso cuando él me mira, quizá tratando de decidir si debería abrazarme o no. Entonces, parece que él se da una pequeña sacudida a sí mismo.

"Hasta después." Se da la vuelta y sale de tienda, dejándome allí sola.

Hago un sonido de frustración y me doy la vuelta hacia la parte de atrás de la tienda, para preguntarle a la señorita en dónde puedo probarme el traje.

5
JAMESON

1 999

"¿Adónde vamos, Jameson?" pregunta Gunnar, mirándome de reojo. Se ve bastante andrajoso en su gigantesco suéter verde con capucha y esos jeans más grandes con sobretalla. Esas prendas me fueron dadas del closet de Asher.
"Vamos a la casa de Asher," le recuerdo. Mi voz se quiebra en la última palabra y Gunnar suelta una risita. "Él dijo que deberíamos pasar por allá antes de ir a la escuela."
Él sólo tiene once y, a los dieciséis, me siento absurdamente alto a su lado. Echo un vistazo detrás de mí, mientras caminamos por la 8va avenida, asegurándome de que Forest aún esté caminando detrás. Él tiene trece y está tan desconectado del mundo cómo puede; tiene puestos sus audífonos y la música con todo el volumen que puede.
Sé dónde está la mente de Forest. Normalmente, a los trece, un chico estaría rebelándose contra sus padres o la figura de autoridad. Pero sus padres están muertos o desaparecidos, soy su única familia. Trabajo a tiempo completo en dos trabajos, ganando el salario mínimo en ambos.
Francamente, no tengo el tiempo ni la energía para lidiar con

la mierda de Forest.

Así que él sólo se ha retirado del mundo, prefiriendo escuchar música o escribir en su diario. Desearía tener tiempo para esos lujos, pero esa no es mi realidad. Gunnar tira de mi mano.

"¿Esta noche podemos comer tacos del puesto otra vez?" me pregunta.

"Quizá," digo, frunciendo el ceño. Hago las matemáticas rápidamente... El arriendo en nuestro apartamento tipo estudio con cuota semanal se vence en un par de días. No puedo pagar el arriendo, comprar comida para esta semana y también comer en la taquería más barata. Sonrío. "Probablemente sólo podamos comer raviolis en lata otra vez."

Gunnar ni siquiera pestañea. "Okey."

Doy gracias a Dios que Gunnar no tiene gustos extravagantes. Agradecido por ello, reprimo un bostezo. Estoy quemando una de mis preciadas horas de sueño para venir aquí porque Asher prometió *algo bueno*. Más allá de eso, no estoy seguro de qué coños hago aquí. Bostezo.

"Hey, ¿entregaste esos papeles que te di en tu nueva escuela, verdad?"

Gunnar arrugó su nariz. "Sí. La señorita hizo muchas preguntas, pero creo que se lo creyó."

Me di la vuelta para mirar a Forest, haciéndole señas para que se quite los audífonos. Él entorna sus ojos, pero se los quita.

"¿Qué?" pregunta.

"Gunnar dijo que la señorita con la que hablaste en la nueva escuela tenía muchas preguntas."

Forest vuelve a entornar los ojos. "Quiero decir, ella hizo todo tipo de preguntas. Pero me apegué al plan y dejé que ella llenara los espacios en blanco. Estoy bastante seguro que piensa que somos una especie de inmigrantes ilegales o algo así."

"¿Alguien más preguntó algo?" me siento paranoico, pero esta es la tercera escuela del distrito en la que ellos han estado en muchos años. Cada vez que atraemos mucha atención, la División de Servicios Familiares y de Niños es llamada. Antes de que lo sepamos, Forest y yo estamos sacando a Gunnar de un nuevo hogar adoptivo en medio de la noche.

De ninguna manera voy a permitir que eso vuelva a pasar, si puedo evitarlo.

"Si hablas con alguien por más de dos segundos quiero saberlo."

Él sólo asiente, colocándose sus audífonos de vuelta. Le doy una cachetada.

"Lo digo en serio."

"Sí, está bien," dice él. Entonces, coloca la música tan alto que puedo oírla, desentendiéndose de mí.

Sacudo mi cabeza un poco, apresurándome para atrapar a Gunnar.

"¿Está todo bien?" pregunto.

Él me da una mirada intrigada, como diciendo ¿porqué no estaría todo bien? Desordeno un poco su cabello con una caricia.

Doblamos a la derecha y el vecindario cambia de repente. Se torna elegante, con casas grandes y céspedes asombrosos. Las aceras son más lisas, y hay muchas palmeras por todas partes. No sé cómo hacen los ricos para siquiera mantener un césped vivo aquí, tan cerca del océano.

Dos mujeres en ropa de correr nos pasan rozando, dándonos una mirada despectiva. Sin duda alguna, están preguntándose qué hacen tres niños caminando por aquí en el lado incorrecto del camino.

"Este vecindario es estúpido," murmuré. "Aquí, crucemos la calle. La familia de Asher vive en la siguiente cuadra."

Son los dueños de la próxima cuadra es lo más acertado. Una cerca alta se levanta, bloqueando mi visión. Todo lo que puedo ver son palmeras. Caminamos por la entrada para autos, en donde un portón nos permite tener una vista de la casa. Es lujosa hasta la mierda, hecha de piedra blanca y ramificándose dramáticamente.

Nos seguimos moviendo, siguiendo las instrucciones de Asher. La cerca vuelve a ocultar la vista y caminamos a lo largo de ésta. Eventualmente, llegamos a una esquina de ésta, donde hay un espacio libre entre la cerca y un grupo de palmeras.

Sentado en ese espacio está Asher, luciendo cómodo como siempre. Él levanta su mirada del libro que está leyendo. "Hey."

"Hey," digo.

"¡Hey!" grita Gunnar y pone mala cara. "No dijiste que Asher iba a estar aquí."

Lo miro de reojo. "Sí, por supuesto que lo hice. De cualquier manera, Asher... ¿Cuál es la gran sorpresa?"

Asher sonríe, pasando una mano por su corto cabello rubio. Se pone de pie y luego me guía unos pasos lejos de mis hermanos.

"Van a amar esto." Busca en su bolsillo y saca una llave. "Tengo un lugar en el que ustedes pueden quedarse por unos meses. Es muchísimo mejor que el último lugar en el que han estado."

Me torno suspicaz inmediatamente. "¿Dónde está?"

"Está al voltear la esquina, en mi casa para huéspedes. Mi padre está fuera de la ciudad por los próximos tres meses y no creo que mamá haya ido a esa casa desde que yo era un niño. Es una larga historia que te resumo así: le pregunté si podía poner mis cosas de la banda allí y dijo que sí." Se veía extremadamente complacido consigo mismo.

Estoy seguro que escuché mal. La vida no ha sido muy gratificante conmigo.

"Yo... ¿Qué?" pregunté.

Asher estiró su brazo y golpeteó mi hombro. "Viejo, estoy diciéndote que tienen un lugar en donde quedarse. Hasta que mi padre vuelva, por lo menos. Es un palacio comparado con donde se están quedando."

Por un segundo, sólo parpadeé ante él. Estoy esperando que empiece a reírse y diga que es una especie de broma, aún cuando Asher no es de esa manera. Lo miro hasta que él se siente incómodo.

"¿Quieren venir a mirar la casa o no?" pregunta.

"¿Estás seguro que hablas en serio?" Si lo está, eso significaría que podría invertir el dinero del arriendo en comida y cosas para la escuela. Carajo, si podemos tener un alivio de los gastos por un rato, podría ahorrar suficiente dinero para un apartamento de verdad. Mis ojos comienzan a picarme

"Muy en serio. Vamos," dice Asher, dándose la vuelta hacia el espacio entre la cerca y las palmeras. "Hay un atajo justo por aquí."

Miré a Gunnar y a Forest, luego les hice señas para que me siguieran. Intento esconder la sonrisa, pero puedo sentirla estirando mi cara.

Acabamos de conseguir un lugar para quedarnos un tiempo.

JAMESON

ctualidad

Me encuentro sumido en mi pensamiento mientras limpio el piso del Cure, recordando aquella vez en que nos quedamos en la casa de invitados de Asher. Pudimos entretenernos bastante durante año y medio, entrando y saliendo a escondidas y evitando a los Alderisi.

Cuando el Sr. Alderisi finalmente nos atrapó y expulsó, ya había ahorrado un poco de dinero. Fui capaz de pagar la inicial de una cabaña con una habitación. No habría podido trabajar y cuidar a mis hermanos y aún así tener algo de dinero extra... no sin Asher.

Y por eso me esfuerzo por recordar que, hasta el asunto reciente con Jenna, Asher siempre ha sido un amigo sin igual. No soy leal a nada ni a nadie, pero Asher...

Asher es bueno, hasta la médula. Por eso no puedo soportar verlo con alguien que sólo lo usa. Y también por eso no puedo traicionarlo, y no puedo salir con Emma a sus espaldas.

Jamás.

Sin importar cómo me tienten. Sin importar mis sentimientos personales.

Sin importar lo maravillosa que se veía ayer en esos pantaloncillos increíblemente cortos. Cada vez que ella no veía, yo la miraba...

Pero sólo eso, me dije a mí mismo.

También es por eso que me he dedicado a disculparme por el malentendido de la semana pasada. Lo esperé en casa, pero él no estuvo ahí en toda la semana. Intenté hablar con él aquí en el bar, pero lo había cerrado.

Sé que necesita tiempo para sanar sus heridas, pero él tendrá que perdonarme eventualmente... en especial ya que yo no he *hecho* nada malo.

Reviso mi reloj y apuro mi trabajo con el piso, tratando de terminar antes de que Alice y Gunnar lleguen a tomar sus turnos. Termino de limpiar, y me dirijo al baño para guardar el trapeador. Escucho la puerta tintinear, y asumo que es uno de los empleados.

Cuando salgo, Emma me mira desde el otro lado del bar. Lleva una pila de libros con ella, y un cuaderno de notas.

Hoy también se ve jodidamente sexy, con una minifalda negra y una camisa sin mangas de rayas azules. Noto que lleva lápiz labial, algo que nunca solía notar.

¿Qué demonios me pasa?

"Hola," dijo, sonriendo un poco. "Me di cuenta de que este es un buen lugar para estudiar. No te molesta tenerme aquí, ¿o sí?"

Calmo cualquier emoción que tenga y bajo los hombros. "No me molesta."

Su sonrisa se desvanece lentamente. "Claro."

Me pongo detrás de la barra, cortando unos limones, limas y naranjas. Mantengo los ojos sobre Emma mientras trabajaba. Podía mirar, pero no podía tocar. Mucho menos *fantasear* sobre tocarla.

Su cabello oscuro está acomodado en un moño. Miraba su cuaderno, mientras mordía la tapa de un lapicero, con una pequeña arruga en sus cejas. En ocasiones, saca el lapicero de sus labios y toma nota de algo.

"¿Deseas algo para beber?" le ofrezco, sintiéndome como un viejo verde.

Ella frunce los labios. "¿Quizás sólo agua? Cuando termine, lo celebraré con un trago."

Le doy una botella de agua. Intento no mirar mientras se bebe la mitad de un trago, con su garganta moviéndose vagamente.

Intento no mirar, de veras que sí. Mientras Gunnar y Alice llegan, me mantuve ocupado. Trabajo en la barra, preparando tragos para las mesas, y dejo a Gunnar atraer los clientes a la barra.

Mientras el bar comienza a llenarse más y más de gente, yo me relajo con mi rutina de preparar tragos y destapar cervezas. Podría estar tipo "zen" detrás de la barra, sin hablar con nadie. Sólo estar en mi pozo, en el espacio que había acomodado a mi gusto.

Las bebidas son preparadas en licuadoras automáticas. Primero vierto el licor en la jarra. Luego el jugo de fruta o jarabe. Lo lleno a tope con hielo, y agito o bato la bebida. Finalmente lo coloco en un vaso, usualmente colando el hielo... y le hago la decoración.

La música es estruendosa, algún remix BritPop que colocó Alice. Muevo mi cabeza con el ritmo, entrando en onda. Ocasionalmente bebo de una cerveza que guardo en la hielera, y en otras sigo bailando al ritmo.

Emma continúa sentada en la barra, chupando ese lapicero, pero me esfuerzo por ignorarla.

Es la hora pico, y la gente sigue entrando por la puerta principal. Una de las cosas geniales de nuestra ubicación es que hay un enorme letrero justo al cruzar la calle. La gente que pasa ve Cure, notan lo lleno que está, y llegan en grupos.

Se pone ruidoso, con la gente gritándose unos a otros y la música un poco más fuerte que eso. Atenúo las luces, ajustando el ambiente para la noche. Me gusta que sea oscuro y lujurioso, lo cual es mi ajuste preferido de luces en la mayoría de los bares.

Eventualmente, la hora pico se detiene, y yo puedo bajar el ritmo también. Miro para encontrar a Emma deslizándose a un asiento opuesto a donde estaba detrás de la barra.

"Oye," dice, sonriendo un poco. Su voz tenía la cantidad justa de ronquera. "¿Me darías ya ese trago? Creo que he sido una chica muy buena esta noche."

Ella me guiña un ojo al decirlo. No puedo evitar sentirme duro a medias; me alegra que el delantal de bartender de cuero grueso que llevo escondiera todos mis pecados.

Le sigo el juego, como si sus palabras no tuvieran efecto en mí. "¿Qué tomarás?"

Ella enrosca su cabello oscuro con un dedo, mordiendo su labio inferior. "Mmmm... sorpréndeme. Que decida el dueño."

No sé exactamente a qué se refiere, pero recuerdo que a ella le gustan las bebidas con mucha fruta. Decido hacer una Moscow Mule, con vodka, cerveza de raíz, y lima. Lo servo en una taza de cobre, adornando la bebida con lima.

Luego lo coloqué frente a ella. "Toma. El vendedor pensó que te sentaría bien una Moscow Mule."

Emma levanta sus cejas un poco, pero finalmente se inclinó y bebió de la pajilla. "¡Mmm! Está muy bueno."

"Pues claro, si yo preparo bebidas de manera profesional." Retrocedo un poco, limpiando mis manos con una toalla de la barra.

Ella se ríe. "Lo sé. Sólo digo... pensé que me servirías algo hecho con whiskey. Me estaba preparando para lo peor."

Hago una mueca. "Nunca has probado mi Limonada Lynchburg. Es bourbon y limonada, y hasta la chica más femenina lo bebe como si no hubiera un mañana."

Pasó un momento entre nosotros, antes de darme cuenta de que lo que había dicho, había sonado vagamente sexual. Ella también lo notó, se le veía en su rostro. Por un segundo, no estoy seguro de cómo o de siquiera querer escuchar una respuesta.

Luego pasó. Ella lo hace fácil, rescatándome.

"¿Me dejarías probar?" pregunta, sacudiendo su nariz.

"La próxima bebida que te prepare tendrá whiskey," le advierto. "Decidido."

Ella sonríe. "Si lo preparas, lo probaré."

Alice llega pidiendo una ronda de vino para una mesa. La tomo, pero Gunnar se acerca. "Yo me encargo de esa. Tú deberías irte."

Entrego el papel, levantando una ceja. "¿Esas copas de vino resultan ser para aquella mesa de chicas en la esquina?"

Gunnar contiene una sonrisa y se encoge los hombros. "Quizás."

Entorno los ojos y empiezo a quitarme el delantal. "Diviértete."

Entro al cuarto trasero, colgando el delantal y tomando mi

chaqueta de cuero, mi casco de motociclista, y mi teléfono. Cuando salgo al bar, Emma está de pie junto a la barra, con su bolso colgado de un hombro. Me mira, luciendo algo nerviosa.

"¿Podrías llevarme de paseo?" pregunta, moviendo un mechón de cabello detrás de su oreja. Su rostro se ve acalorado. "Digo, en tu motocicleta. Es algo tarde para caminar por mi cuenta."

Como si importara, es lo primero que se me vino a la mente. Pero sólo incliné mi cabeza. Ella ha caminado a casa sola docenas de veces, pero no puedo decirle eso a ella. Asher nunca me perdonaría si algo le pasara a su preciosa hermanita.

Sólo necesito recordar eso.

"Sí, claro," le digo, manteniendo una expresión neutral. "Queda a menos de un kilómetro."

Ella sonríe. "Sí. Es que estoy... ¿algo cansada?"

Ella convirtió su frase en una pregunta, lo que me hace pensar que ella está mintiendo. Pero sólo salí del Cure, esperando que ella me siguiera. Ella me ha estado coqueteando, jugando conmigo toda la jodida noche.

Me gustaría ver su espalda mientras me alejo, me digo a mí mismo. Pero no es del todo cierto, y lo sé.

Me dirijo a la parte trasera del Cure, donde mi Triumph negro está estacionado. Esperándome.

Empiezo a ponerme mi chaqueta de cuero, entonces hago una pausa. Un solo vistazo a Emma es lo que necesito para ofrecérsela en vez de ponérmela. Si nos estrellamos, ella tendría más piel expuesta que yo.

"Toma," le digo, lanzándole la chaqueta. Es mejor hacerlo como una orden en lugar de una oferta. "Póntelo."

Ella se ruborizó, pero se puso la chaqueta sin protestar. "Gracias."

Abro el compartimiento de la moto, y saco un casco extra que guardo para invitados. Le entrego el casco, y luego me pongo el mío. Me monto primero, encendiendo la motocicleta, y la acelero un par de veces.

Miro detrás, a donde Emma está de pie. Se colocó la chaqueta de motociclista, le queda muy bien de todas formas. Casi no se nota que lleva una falda bajo la chaqueta, y por un segundo eso me permitió imaginarlo.

¿Emma, totalmente desnuda a excepción de mi chaqueta de cuero?

Maldición, sí. Mi agarre en la baranda se puso un poco más firme... y conseguí otra media erección.

Genial. Eso es lo que me pasa por dejar volar mi imaginación.

"Vamos," le digo, aunque sabía que el casco atenuaba mi voz. "Sube."

Ella me mira con ojos ansiosos por un segundo, y luego pone una mano en mi hombro. Levanta su pierna sobre la motocicleta, entrando en contacto directo conmigo.

Mi pene entró en atención total en el momento en que nos tocamos. Puedo sentir sus suaves curvas contra mi rígido cuerpo. Cierro mis ojos brevemente, recordándome que ella está fuera de los límites.

Después de tomar varias bocanadas de aire salado, me alzo y llevo sus brazos a mi cintura. Ella se recuesta de inmediato, presionando sus senos contra mi espalda.

Maldita sea, pienso para mí mismo, apretando los dientes. Sólo debo llevarla hasta su casa, sólo así terminaré con esta tortura.

Acelero el motor y arranco. Son más de las nueve p.m., y casi no hay nadie en la vía. Sigo las reglas de camino a su casa, manteniéndome bajo el límite de velocidad.

Un kilómetro nunca había durado tanto como ahora.

Cuando finalmente llegué a su casa, estacioné en frente. Ella se baja y empieza a quitarse el casco.

Tratando de no pensar mucho en ello, arranco de nuevo y me retiro. Ella puede devolverme el casco en otro momento.

Justo ahora, necesito una ducha fría y algo de sueño.

7

EMMA

Golpeo mis dedos en la fría mesa de granito del café en el que estoy, impaciente. Jameson llega tarde, incluso cuando habíamos acordado estudiar hace una hora. Después de su discurso en Joe Surf el otro día, esto no me hace mucha gracia.

Miro el cuaderno que traje, pero termino lanzándolo sobre la mesa. Las pruebas finales se acercan, un hecho que recae mucho sobre mí. Se siente como si se me acabaran las horas en mi día de estudio. Eso, o que me importa poco si apruebo mis clases o no. He hecho todo lo que he podido durante todo un semestre; ahora me siento como si me quedara sin energía.

Honestamente, medité por un momento si podía pasar sin las pruebas finales. Desde luego, no tomar las pruebas finales sería como un sueño hecho realidad, es lindo imaginarlo de vez en cuando.

Suena la puerta, y levanto la mirada para encontrar a Jameson entrando, luciendo preocupado. Incluso con su expresión parecida a una mueca, el resto de él luce genial. Su cabello oscuro parece desarreglado por el viento, y es casi comestible con sus jeans oscuros y su franela Muse negra manga corta, mostrando sus venosos antebrazos. Carga su bolso de libros sobre un hombro.

Él podría ser el chico rebelde de cualquier programa de televisión o película. Pero si él es el chico malo, ¿en qué me convierte eso? ¿En la chica buena? ¿La reina del hielo?

No me gusta ninguna opción. ¿Y qué si quisiera ser la rebelde sólo una vez?

Jameson mira alrededor, y levanto mi mano para llamar su atención. "¡Jameson! Por aquí."

Él me ve y se acerca, cruzando a través de las mesas dispersas en el café. "Llego tarde, y lo siento. Hubo un idiota en un Mercedes que golpeó mi motocicleta en Avenida Longview, y luego insistió en esperar a que un policía apareciera. También me quedé sin batería, por lo que no pude llamarte."

Jameson trajo una de las sillas, dejando su bolso sobre la mesa. De inmediato lo escucho con calma, analizándolo con incredulidad.

"Está bien," digo, manteniendo mi expresión neutral.

Él se sienta en el lado opuesto y me mira fijamente. "Estás molesta."

Deslizo mi cuaderno al revés, cerrándolo. "No estoy molesta. Sólo estoy pensando en el sermón que me diste hace unos días."

Él meneó su cabeza. "Ya me castigaron por ello, lo prometo. Tú debiste haber visto lo idiota que era el sujeto que me golpeó. Estaba muy molesto cuando los policías llegaron y le dijeron que era su culpa."

Entorno mis ojos. "Okey. Sólo empecemos. ¿Qué tanto necesitas de matemática hoy?"

"Fórmulas, más que nada. La fórmula cuadrática, fórmula lineal, y... ¿algo con bi? Binomios, o algo así. De veras que no las entiendo."

"Son difíciles," digo encogiéndome de hombros. "Como muchas de las cosas más difíciles de matemática de secundaria. ¿Qué te dieron de ciencias?"

"Uhhh..." él abre su bolso y saca su cuaderno de ciencias. Lo abre en una sección que está muy bien marcada. "Parece que hoy nos dieron conservación, transformación, y flujo de energía. También trabajo, movimiento, y fuerza."

Miro la hora en mi teléfono. "Okey. Dividamos el tiempo, media hora para matemática, y media hora para ciencia. Luego veremos donde quedarnos, ¿te parece?"

Jameson sólo asintió. "¿Ciencias primero?"

"Sí. Sólo veamos lo que dice el libro..."

Durante la siguiente hora, tomamos turnos leyendo en voz alta los cuadernos de J. Me detuve en varios puntos para explicar algo, o demostrar rápidamente conceptos en una hoja blanca de papel. Por su parte, Jameson se quedaba callado mientras explicaba, frunciendo el ceño todo el tiempo.

En ocasiones, él preguntaba cosas, tomando notas en su cuaderno. Al cabo de una hora, me di cuenta de que Jameson se estaba poniendo ansioso y malhumorado. También estaba empezando a mirar a la nada.

"Dejémoslo por hoy," le sugiero, cerrando su cuaderno de matemática." Puedo ver que excediste tu tiempo límite de aprendizaje."

Él se recuesta, estirándose. "Lo siento. Es sólo que... creo que nunca me había centrado en algo por tanto tiempo."

Sonrío, manteniendo mi tono suave. "No es para tanto."

"Bueno, de hecho lo es. Quiero decir, te estás tomando tu tiempo fuera de tu horario. Así que, ehm... gracias." empieza a empacar sus cosas. "¿Tienes hambre?"

"¿Yo?" miro la hora. "Podría comer."

Él parece un poco incómodo, acariciando su nuca con una mano. "Hay una pizzería a la vuelta de la esquina que he querido probar. ¿Quieres ir? Yo invito, obviamente."

Contengo una sonrisa. "Jameson, ¿me estás pidiendo salir a una cita?"

"¿Qué?" dice, a la defensiva. "No. Claro que no."

"Sólo quería verificar. Parecías totalmente sincero sobre el hecho de que ni siquiera me ves de esa forma," lo molesto. Estaba buscando una reacción, y la conseguí. Él se pone de pie.

"Olvida que pregunté."

"¡Espera!" digo, agarrando su brazo. "Sólo bromeaba. No te pongas serio todo el tiempo."

Su expresión es tan negra como una tormenta. Suelta cuidadosamente de mi agarre. "Si soy serio, es porque la vida me hizo así. Alguien tiene que ser el responsable aquí."

Ooooh. No esperaba que él se pusiera tan a la defensiva por eso.

"Lo siento. Sé que tú eres el hermano mayor. Te sientes responsable por Forest y Gunnar. Lo entiendo."

La mirada en el rostro de J es escéptica. "Realmente lo dudo, princesa."

No tengo una respuesta agradable para eso, así que sólo le saqué la lengua. Él toma una pausa, luego me da una vaga sonrisa. Asumo que me ha perdonado.

"¿Vamos a cenar o qué?" pregunto.

"Sí, sí," dice. "Empaca tus cosas."

Tomo mi bolso y meto mis libros. Lanzándolo sobre mi hombro, me apresuro a seguir a Jameson.

"Tus piernas son el doble de largas que las mías," me quejo mientras me esfuerzo por seguirle el paso. Él me mira, mostrando una media sonrisa, y deliberadamente reduce el paso.

Me lleva por una calle sencilla, hasta un restaurante sin identificación. En realidad, ni siquiera sabría que era un restaurante, de no ser por el pequeño anuncio de neón que simplemente dice P I Z Z A. Cuando él empujó la puerta, manteniéndola para que yo entrara, no estaba segura de qué esperar.

Pero desde luego que es un bonito lugar, con manteles blancos y varias personas comiendo, a pesar de que aún es temprano. Incluso hay una rubia de aspecto impresionante en el puesto de meseras.

"¡Hola! ¿Tienen reservación?" canta la mesera.

"Somos amigos de David Gage," dice Jameson.

La mesera abre un poco más los ojos. "¡Claro! Por aquí..."

Miro a Jameson con curiosidad mientras ella nos lleva a una mesa cerca de la pequeña ventana frontal. Él sólo levanta sus cejas en respuesta. La mesera nos sienta en una mesa redonda, pone un par de menús frente a nosotros, y señala que en breve alguien estará con nosotros. Luego se retira en dirección a la cocina.

"¿Quién es David Gage?" susurro.

"Él es el chef." Jameson toma el menú de vinos, observándolo de cerca.

"La mesera parecía pensar que eso era raro."

"¿Qué?" dice, bajando el menú del bar y tomando el de comida.

"Que fueras amigo del chef." Tomo mi menú, estudiando las ensaladas.

"Ah... David es como..." Pensó por un segundo. "Él nunca se ha guardado nada. Él sólo dice lo que piensa, como un idiota radicalmente honesto. Y es muy crítico. Apuesto a que la mayoría del personal le tiene miedo."

Miro a Jameson sobre mi menú. "¿Y eres su amigo?"

"Sí. El sujeto es un genio, y también un sinvergüenza."

Un mesero toma nuestra orden de bebidas y nos dice los especiales. Jameson me mira.

"¿Hay algo que no quieras en tu pizza?"

"Soy vegetariana," respondo. "Así que... carne."

Él dobla su menú y mira al mesero. "¿Podrías pedirle a David que nos prepare una pizza vegetariana? A elección del chef."

"Claro," dice el mesero, asintiendo con su cabeza. "Le informaré."

"Y una botella de cualquier vino que recomiendes para acompañarlo," continua Jameson, entregando el menú. "Gracias."

Entrego mi menú también, agradeciendo. El mesero se retira, y Jameson y yo quedamos solos de nuevo.

"Así que..." digo, tratando de pensar en un tema para conversar. "¿Has hablado con Asher?"

Jameson frunció el ceño. "De hecho, no. Tu hermano es un bastardo necio. Cada vez que llego a casa, él no está ahí, y cuando lo veo en el trabajo es demasiado..."

"¿Brusco?" sugerí.

Él entrecierra los ojos. "Iba a decir deshablador. ¿Eso es una palabra?"

Me encojo de hombros. "Entiendo tu punto."

El mesero regresa con una botella de vino y dos copas. Hay un juego de charadas entre Jameson y el mesero, donde el mesero sirvió el vino, esperando que él lo oliera y lo probara. Luego el mesero deja el corcho en la mesa, lo cual es algo que recuerdo de comer en restaurantes finos con mis padres.

Finalmente me sirven un poco del vino de color rojo. Volteo la etiqueta hacia mí, y la leo.

"Garnacha. Suena elegante."

"Mmm," murmura Jameson, tomando un sorbo. "Tu hermano probablemente apreciaría esto más que yo."

Lo pruebo, encontrándolo un poco más ácido de lo que esperaba. Hago una mueca, y Jameson se echa a reír por mi expresión.

"¿Está bueno, no?" pregunta.

"El único vino que había tomado es el Chardonnay de mi madre." Me recuesto, suspirando.

"Tú me ayudaste a estudiar," dijo, acercando su silla a la mía. No puedo evitar sentir un revoloteo en mi estómago por su cercanía. "Déjame enseñarte cómo probar el vino. De esa forma aún si no te gusta, podrás lucir bien cuando lo pruebes."

Me río. "Okey..."

"Muy bien. Primero debes tomar la copa, y sujetarla por el tallo. Aparentemente es importante de manera que el calor de tu mano no afecte el vino."

Él me muestra cómo sujetarlo, y lo imito.

"Okey."

"Lo siguiente es agitarlo para que de vueltas en sentido horario. Tendrás una mejor vista del color del vino, y luego colocas la nariz en la copa." Él lo hace, inhalando profundamente.

Hago lo mismo. "No estoy segura de qué oler. Sólo huele a vino para mí."

Su boca forma una media sonrisa. "Sólo huelo las notas de frambuesa y cereza. Como sea, cuando lo bebas... sólo toma un pequeño sorbo, y deja rodar el vino en tu boca."

Sorbiendo el vino, dejo que ruede un rato, y luego lo trago.

Su boca se abre. "Te quedó algo..."

Se acerca y toca el borde de mi boca con la punta de su pulgar. Nuestros ojos se encuentran, y trago saliva. Veo cómo sus ojos bajan a mi boca.

¿Tal vez se pregunta a qué sabe mi boca en este momento?

Luego se sacude visiblemente. "Perdón. Uh... ¿Qué sentiste? Quiero decir, en el vino."

"Sabe como a vino."

Él entorna un poco sus ojos. "Muy bien. Yo siento... capulín, canela, pimienta negra... pero por encima de todo es muy afrutado y tiene buen cuerpo."

Le sonrío con picardía. "Suenas como todo un experto. Un joven bien ilustrado."

Él suelta una risa. "Siempre hay una primera vez para todo, creo. Y es algo raro que te refieras a mí como un *joven*."

Resoplo exasperada. "No nos llevamos tantos años."

"Son diez años," se burla.

"Casi diez años. No somos tan diferentes, ¿sabes? Todo está en tu cabeza." Bebo un sorbo del vino para reafirmar mi declaración.

Él baja su copa, colocándose serio.

"No podríamos ser más diferentes ni aunque lo intentáramos."

Inclino mi cabeza. "¿Lo crees?"

"Lo creo. Primero, básicamente dejé la secundaria, mientras que tú ya estás consiguiendo tu título universitario."

Le doy una mirada seria. "Tú dejaste la secundaria."

"Sí, pero fue al comienzo de noveno grado. De todas formas, nuestro crecimiento fue... muy diferente. Siempre estuviste envuelta en una burbuja, mientras que el mundo me lanzó a los rápidos, una y otra vez."

No hay forma de negar eso. "No es mi culpa haber nacido en una familia rica, así como tú no pudiste evitar nacer... sin riqueza."

Me sonrojo un poco. Él frunce el ceño.

"Cierto. Hay otras razones por las cuales no salimos. Como por ejemplo, que tu hermano me haría añicos si se entera que estuvimos en una cena esta noche, no bromeo. Y le debo a Asher. En grande. No podría hacer nada para arruinar nuestra amistad."

"Odio tener que decírtelo, pero creo que Asher ya piensa que tu amistad se fue por el caño."

Jameson hace una mueca. "Sí, pero no hice nada para que eso pasara. Ese es mi punto."

"Y aún así, aquí estás, saliendo conmigo," digo, bebiendo mi vino. "Saboreando el fruto prohibido."

Él se sonroja un poco. Empiezo a disfrutar hacer que alguien mayor que yo se sienta incómodo. "Sabía que esto era una mala idea."

"Relájate. Sólo estoy jugando contigo de nuevo."

Él suspira. "El punto es el mismo. Soy como el don nadie que toma el peor camino, mientras que tú... tú eres como una princesa encerrada en su torre de libros. Tú sólo nos miras con desdén, y nos juzgas."

Él agita una mano. Me siento indignada.

"¡Claro que no!" digo, golpeando su hombro. "Eso no es justo."

"No tiene por qué serlo," dice, con su mirada color chocolate oscuro sobre mí. "Pero así son las cosas."

"¿Y qué si no me gusta como son las cosas?" digo. Me inclino hacia él. "¿Y qué si quiero destruir el paradigma? ¿Si quiero rebelarme un poco?"

Él entorna nuevamente sus ojos. "Sí... no estoy buscando rebeldes ahora."

El mesero regresa, cargado una pizza vegetariana fresca y un par de platos. Los deja en la mesa. "¿Puedo ofrecerles algo más?"

Jameson me mira, con una sonrisa. "¿Podrías traerle agua a la pequeña rebelde de aquí? Aparentemente no le gusta el vino."

Me pongo roja. "No necesito nada. Estoy bien."

"La traeré, por si acaso," me asegura el mesero con un guiño.

Ese guiño me hace querer que la tierra me tragara.

"Bien," digo entre dientes.

Del otro lado de la mesa, Jameson se sirve una porción de pizza. Yo tomo mi rebanada, dándole una mordida. No la saboreo en realidad. Mientras Jameson empieza a hablar de una película que vio recientemente, yo me pregunto sobre su lista de diferencias entre nosotros.

¿Acaso es así de grande?

Y lo más importante, ¿se podrá superar?

Suspiro en silencio, indecisa.

8

JAMESON

Golpeo los dedos en el tablero de mi Jeep Wrangler, mirando la hora. Son las 9:55 am, y estoy sentado en un sitio apartado de Redemption Beach, esperando a Emma. Hoy era nuestra primera clase real de surf, o al menos la primera en la playa.

Se suponía que nos veríamos a las diez. Y una vez más, ella probablemente se pondría desafiante y llegaría tarde, sabiendo que no podía decir nada.

Aprieto los dientes. De nuevo, ¿por qué estoy haciendo esto?

Miro la playa en cuestión, la cual está desierta. Con un banco de arena rocosa localizada no muy lejos de la orilla, esta sección de la playa suele estar vacía. La gente tiene miedo de quedar atrapada en medio de una fuerte corriente y ser arrastrados hacia esas rocas. Me parece lo más correcto.

Pero queda perfecto para mi propósito, pensando que quizás no entremos al agua hoy. Miré el reloj de nuevo, poniéndome más tenso.

Me acomodo mi traje de neopreno, lo cual es lo único que llevo puesto en la parte baja de mi cuerpo. En la otra mitad tengo puesta una franela. Normalmente no me molestaría estar semi-desnudo, pero de alguna forma la presencia planeada de Emma me hace ser más cuidadoso respecto a mi ropa.

Miro el reloj por otro minuto, y luego decido irme. Al diablo con esto, no debería esperar por Emma. Al menos puedo empezar sin ella.

Mientras me montaba en el Jeep, Emma estacionó su camioneta Mercedes en un puesto a mi lado. Ella sale del vehículo rápidamente, con su cabello oscuro amarrado, y sus shorts revelando mucho más de lo que podían cubrir.

Me tomo un momento para contemplar la vista de ella en su bikini y sus shorts. Sus caderas y hombros son súper delgados, pero tiene unos maravillosos pechos y unas largas piernas... y un trasero que no puedo quitármelo de la cabeza.

Maldición. Sólo... maldición.

Emma se acerca a mí con una sonrisa. "Llegué a tiempo."

"Claro que sí," digo, haciendo un esfuerzo por no ver nada más que su rostro. Eso me traería con seguridad una erección, lo que sería demasiado incómodo en este momento. "¿Lista para ir a la playa?"

"Sí. Sólo necesito ponerme mi traje en algún lado..." dice. Apunta una bolsa de mano naranja que llevaba en su hombro.

"No lo necesitarás hoy," digo. Me fuerzo a mirar al océano en lugar de a ella.

"Okey. Traje loción bronceadora." Ella mira al océano también.

"Sí." Tomo las dos tablas de surf de la parte trasera de mi Jeep. Empiezo a caminar en la arena, evitando mirarla aplicarse el bloqueador frente a mí.

Subo las tablas, balanceándolas encima sobre mi cabeza. La arena bajo mis pies se hace cada vez más húmeda y densa mientras nos acercamos al agua. Emma me sigue detrás, mirando quién sabe qué. No hay ni un alma en este día nublado, ni siquiera focas o las gaviotas hasta donde se puede ver.

La tierra se desvanece a ambos lados, separándose para formar una pequeña península. Sólo estamos nosotros dos, juntos. Trago saliva, pensando que esta podría no ser la mejor idea. Ya es demasiado tarde para eso.

Estando a sólo unos pasos del agua, bajo con cuidado las tablas en la arena con un golpe ahogado.

Miro a Emma. "Este parece un buen lugar para quedarnos por el momento."

Ella arruga la cara mientras deja su bolso a un lado. "Tú mandas."

"Primero lo primero. ¿Bloqueador?" pregunté. "Ya tengo una capa puesta, pero podría colocar otra en mi cara."

Ella asiente, sacando un tubo de loción de aparentemente costoso de su bolso. "Toma."

Me lo lanza, y exprimo un poco en mi mano antes de devolverlo. Me coloco la loción en el rostro lo mejor que puedo, tratando de ignorarla mientras la extendía en sus piernas, su torso y su pecho. Tiene especial cuidado con su rostro, pero aún así deja una gran mancha bajo su ojo derecho.

Pero recuerdo lo cerca que estuvimos de besarnos cuando le quité una gota de vino de su boca en el restaurante hace unos días. De ninguna forma volvería a tomar un riesgo de ese tipo, así que me quedo callado.

"¿Lista?" pregunto.

"Casi. ¿Te importaría ayudarme con mi espalda?" dice, dándose la vuelta y pasando el tubo de loción sobre su hombro. Es algo presuntuoso de su parte el suponer que diré que sí... pero por Dios, ¿Qué hombre hecho y derecho diría que no a eso?

Aprieto los dientes. "Claro."

Tomando la loción, la paso por sus hombros. Inhalo profundamente; su piel se siente acariciada por el sol, tan suave, y cálida bajo mis manos. Extiendo la loción por toda su espalda, admirando el conjunto de pequeñas pecas que encuentro allí. En realidad, había olvidado que ella era más joven que yo, pero tocarla así, estando tan cerca, no podía evitar recordarlo.

"Asegúrate de llevarlo hasta abajo," dice ella, volteando su cabeza hacia mí. "No quiero tener una quemadura rara en la parte baja."

No digo nada, sólo obedezco. Su espalda es tan perfecta, con dos perfectos agujeros en la base de su columna. Su trasero empieza justo debajo, donde estaban mis manos ahora, tan terso que podrías hacer rebotar una moneda en él. Le echo loción a su espalda, extendiéndola con mis manos hasta casi agarrar sus caderas.

No voy a mentir, no es la primera vez que he pensado en sujetarla así... y probablemente no será la última. Me doy cuenta de que me estoy poniendo duro en el traje, lo que es un problema. Soltándola de repente, le paso el tubo de bloqueador.

"Listo. Toma," digo.

Ella se da la vuelta y lo toma, con una pequeña sonrisa en su rostro. Me pregunto si esperó hasta que estuviera aquí para ponerse la loción a propósito, sólo para joder mi mente. Después de todo, ella no ha sido exactamente discreta respecto a querer que la tome en cuenta.

Y tomarla en cuenta es lo que hago. Todo el jodido tiempo, aunque se supone que no lo haga.

"Es momento de ponernos serios," digo, a regañadientes.

"Sí, *señor*," dice ella con un guiño. "Me gusta cuando te pones mandón."

Volteo mis ojos. Tomando una de las tablas de surf, las separo al menos metro y medio, una de la otra, y las pongo en el suelo.

"Muy bien. Párate aquí," le digo, apuntando al borde de la tabla.

"Okey..." dice ella, moviéndose.

"Lo primero que tienes que hacer es intentar practicar tu posición y el movimiento de tu cuerpo aquí, en la playa." Me muevo al borde de la otra tabla. "Así que nos ponemos de rodillas..."

Me arrodillo, y ella hace lo mismo.

"Luego vas a intentar sujetar los lados de la tabla, más o menos a dos tercios hacia abajo. Así." Tomo mi tabla de forma que Emma pueda ver. "Ahora te inclinas sobre la tabla, sujetando los lados. Mantén tus manos en los bordes de la tabla, y tus brazos pegados al cuerpo. ¿Ves esta clase de ala de pollo que hago con mis brazos?"

Ella frunce el ceño. "Sí, algo así."

"Luego empujas sólo la cabeza, un poco hacia arriba." Hago el movimiento. "Las primeras veces que montes las olas, puedes hacerlo más fácil montándolas de esta forma."

"Eso no suena tan difícil," dice ella.

Suelto una pequeña risa. "No hemos intentado levantarnos aún. Intentemos desde el principio."

Ambos volvemos a arrodillarnos al borde de nuestras tablas.

"Muy bien. Toma los lados... sí, así. Lleva tu cuerpo hacia arriba. Mantén los brazos pegados. Ahora observa..." Lentamente muevo una de mis piernas hacia afuera de manera que mi tobillo toque la tabla. "Giro mi pierna derecha así. Levanto mi pecho... y luego, lentamente deslizo mi pie izquierdo hacia adelante. Busco equilibrio... y, ¡voilá!"

Abro mis brazos, mirando a Emma. Su mirada de total estupefacción me hace reír.

"¿Qué demonios hiciste?" se pregunta.

"Mira, señorita Escuela de Leyes. Si puedo hacerlo, tú puedes. Empecemos desde el principio."

Hacemos los mismos pasos diez veces, hasta estar totalmente seguro de que lo había entendido.

"¿Lo tienes? ¿Te sientes bien con lo que aprendiste hasta ahora?" pregunto, poniéndome de pie y quitándome la arena de mis rodillas.

Ella me imita, limpiándose ella misma. Luego voltea los ojos. "Sólo porque entiendo la teoría detrás de algo, no significa que pueda ser capaz de hacerlo. Es *difícil*."

"Lo harás. Pero hoy no. El agua está demasiado turbia hoy. En lugar de un banco de arena, sería como estar sobre muchas rocas."

Ella parece algo escéptica.

"¿Cómo hago para... encontrar la ola correcta? Supongo que no debo irme contra la primera que vea."

"Tienes razón," digo, rascando mi mejilla barbuda. "Vamos a comenzar con una ola pequeña."

"¡Creí que habías dicho que las aguas eran peligrosas aquí!" Ella luce totalmente desconfiada ahora.

"Hablo de surf real. Pero apenas estamos empezando. No nos iremos tan lejos para no lastimarnos." Tomé la muñequera de neopreno atada a mi tabla. "Asegúrate de amarrarte a la tabla."

"Okey..." dice.

Ella saca su traje de neopreno del bolso, quitándose sus shorts y colocándolo en su lugar. Me quito mi franela, pero dejo el traje donde está. El sol se siente bien en mi piel. No estoy seguro si es trampa usar la parte superior de mi cuerpo como distracción frente a su rostro lleno de nerviosismo, pero lo haré de todas formas. Puedo sentir sus ojos ansiosos en mi espalda mientras tomo mi tabla y me dirijo al mar.

"Estás a salvo," le aseguro. "Apenas vamos a entrar. Ya lo verás."

Fiel a mi palabra, entro al agua, colocando mi tabla a un lado.

Cuando veo que el agua llega hasta su cintura, me detengo. "Aquí está bien."

Emma mira detrás de ella, a donde están las rocas. "¿Estás seguro?"

Me encojo de hombros. "No tenemos que montarla completa."

Ella parece indecisa. "¿Podríamos hacerlo sólo una vez?"

"De eso estoy hablando." Le doy una sonrisa. "Ahora, para tu ola. Lo mejor sería que tomaras una que viniera hacia ti, no desde un ángulo. Asegúrate de que la ola vaya muy rápido también. ¡Oh! Y esto es importante. Antes de caer, lo mejor será que te lances detrás de la tabla, y te cubras la cabeza con tus brazos. Eso evita que la tabla te golpee."

"Entendido, creo." Ella revisa las olas llegar. "Ésta no..."

"Nop. Viene de un ángulo diferente."

Ella espera, con su mano sobre los ojos, buscando en el horizonte. Se ve hermosa así, con la brisa soplando los oscuros mechones que escapaban de su cabello. Sus ojos nunca se habían visto más verdes que ahora, aquí entre las olas.

"¡Oooh!" dice, apuntando. "¿Esa?"

"Esa está bien," digo, dándome una sacudida mental. "Prepárate..."

Me monto en mi tabla, acostándome, y Emma difícilmente se equilibra de la misma forma. Siento el fluir del mar, llevando mi tabla hacia atrás unos centímetros.

"Lista..." digo. "¡Ya!"

La ola nos impacta, espero por una fracción de segundo, y luego me aseguro de que ella vaya primero. Pero ella lo hace, así que la sigo, lanzándome hacia la costa. Desafortunadamente, aunque era súper fácil para mí, no lo era para Emma. Unos segundos después de montarse, ella se inclina mucho a un lado. Se resbala y cae, pateando y gritando, se sumerge en el agua al instante.

"Mierda." Soy rápido al momento de bajarme de la ola también, hundiéndome en el agua. Cuando vuelvo a la superficie, limpiando mis ojos, ella está revolcándose y escupiendo agua salada. Nado hacia ella y la alcanzo en unas brazadas. La tomo por la cintura, levantándola.

"¿Pero qué rayos?" dice ella, agitando su cabeza para quitarse el agua. Ella pasa una mano por mi cuello. "Esto no salió como lo planeé."

Mis labios se curvaron hacia arriba. "Al menos surfeaste. Aunque por unos segundos."

Entonces cuando me doy cuenta exactamente de lo cerca que estamos, juntos por las olas. Ella mira mis ojos, con gotas de agua cayendo de sus oscuras pestañas. Yo miro las pecas en su nariz, sus labios en forma de corazón.

Podría hacerlo, pienso. Podría tomar su boca. Explorar su sabor, dominarla por sólo un segundo. Sé que ella lo quiere tanto como yo.

Si existiera un momento así, sería ahora.

Pero entonces, mi tabla me golpea la espalda, y rompe el momento. Un destello de tristeza cruza su rostro, pero lo ignoro. Soy el único responsable aquí. Siempre soy yo. Respiro agitado.

"Te voy a soltar," digo. La bajo, y ella se pone de pie por su cuenta.

"Jameson..." ella inicia. No sé cómo terminará esa frase, pero no puede ser nada bueno para mí.

Empiezo a nadar a la orilla. "Creo que es todo por hoy."

Ella me sigue lentamente, como una pequeña y triste nube. Empiezo a sentir algo de culpa, en cuanto pongo un pie sobre la tierra.

Hice lo correcto, creo. Hice lo mejor para los dos. Lo único posible.

Sólo tengo que recordarlo, desde ahora hasta... bueno, creo que hasta que muera.

9

EMMA

Estoy caminando por mi vecindario, con el teléfono presionado entre mi oído y mi hombro. Está anocheciendo, y tengo cosas por hacer. Desafortunadamente, mis padres no respetan realmente mi tiempo, por lo que escucho a mi madre quejarse.

"Tú sólo no lo creerías," dice mamá. "Quiero decir, ahí estábamos, en la ópera, y Karen Vannick tuvo las agallas de aparecerse. En serio, no pensé volver a verla luego de que divorciara de Steve, que sería lo último que sabríamos de ella. Pero ahí estaba, vestida como una completa zorra. ¡Tuvo el descaro de mirarme en mi vestido Versace y hacer un comentario sarcástico al respecto! ¡Hablo en serio!"

"Mmhm," murmuro. Eso es todo lo que requiere de mí en estas charlas. Sólo tengo que afirmar ocasionalmente, mientras mi madre mantiene su sinfín de quejas.

"Luego me preguntó sobre cómo está Asher, sabiendo perfectamente que él ya no forma parte de nuestras vidas. ¿Puedes creerlo? Ella preguntó sobre esa Jenna Kenner, preguntando sobre el compromiso de Asher. Diciendo que había escuchado que había problemas en el paraíso. Eso fue totalmente ridículo."

"Ummm... de hecho, Asher terminó esa relación. Su boda fue cancelada" le digo.

"¡¿QUÉ?!" grita mamá. "¿Por qué? ¿Qué ocurrió?"

Muerdo mi labio, y luego decido por la opción más fácil. "No sé. Pregúntale a tu hijo."

A ella parece no importarle. Ella ya tiene las riendas sueltas.

"Si Asher nos hubiera escuchado a tu padre y a mí sobre ir a Yale, esto nunca hubiera ocurrido."

Entorno los ojos. Cruzo la esquina de la calle de mi amiga Cecilia, pasando el teléfono a mi otro oído. "Mamá, Asher no quería ir a Yale. Papá y tú fueron quienes le dieron ese ultimátum al respecto."

"Sólo sé que Jameson estaba detrás de la decisión de Asher," dice mamá. Podía escuchar cómo refunfuñaba en el teléfono. "Tu hermano siempre ha tenido un lado amable con Jameson, por razones desconocidas. De hecho, cuando tu padre y yo descubrimos que estaba comprometido con una mujer, estábamos algo sorprendidos. Pensé que seguiría loco por Jameson."

No otra vez. Exhalo y tomo aire profundamente. Mi mamá siempre saca esa basura homofóbica cada vez que Jameson o Asher entran al tema de conversación. No puedo quedar atrapada en esta falacia repetitiva de nuevo. Será igual que siempre, esto terminará con mamá llorando y yo enojada.

"¿Sabes qué? Estoy por llegar a la casa. Probablemente tenga que colgar para poder entrar y tomar una ducha antes de acostarme." Una media mentira, si alguna vez he dicho una, pero es mejor que quedarme pegada al teléfono por siempre.

Mi madre suspira. "Muy bien, cariño. No lo olvides, tu padre y yo tendremos un almuerzo el próximo fin de semana. Esperamos que estés ahí, luciendo brillante. Tú eres la estrella de la familia ahora."

Claro, pero sólo después de que apartaron a Asher con su ultimátum. Entorno los ojos nuevamente.

"Ajá."

"Me preguntaba si podías llevar ese vestido Valentino rosa pálido..."

"Ah, Evie quiere preguntarme algo. ¡¡¡Te llamo después!!! ¡Chao, te amo!" digo mientras cuelgo el teléfono.

Mamá es definitivamente irritante la mayor parte del tiempo, pero al menos es menos controladora que mi padre. Él ve el mundo como un tablero de ajedrez, consigo mismo como un rey, y el resto de sus allegados como sus peones.

Tengo que vivir con la culpa de tomar su dinero para estudiar leyes. Se suponía que sería la hija perfecta, y la estudiante perfecta. Cuando me gradúe, seré libre de sus expectativas.

O es lo que siempre me he dicho.

Cuando llego al patio de la fiesta en casa de Cecilia, quedo con los ojos abiertos de par en par. Ella lo describía como una simple reunión, pero claramente era todo menos eso. En el pórtico, la gente se reunía alrededor de alguien bebiendo de un barril. Había montones de personas en el patio frontal de su casa, mirándose en grupos de dos y tres, riendo y hablando.

Música rap sale de la puerta frontal abierta. Puedo notar que está repleto adentro.

Titubeo, y pienso en regresar a mi casa. ¿Pero a qué? Nada excepto para más estudio.

Seriamente no puedo estudiar por otro segundo más. Así que acomodo el borde de mi corto vestido rosado y me dirijo hacia el pórtico. Puedo sentir los bajos vibrando mientras entro. Toda la casa de Cecilia está llena de extraños, en especial en la sala y la cocina. Cruzo a través de la fiesta, buscando algún conocido.

¿Cómo es posible que no conozca a nadie aquí? Hay una fiesta bailable en vivo en la sala, y un misterioso ponche rojo que lo sirve una chica en la cocina. Acepto un vaso plástico de ponche, bebiendo un sorbo.

Es tan dulce que hace que mis dientes me duelan. Asumo que el azúcar sólo enmascara el sabor del alcohol, lo que está bien para mí. Mirando alrededor de nuevo, cruzo hacia la puerta trasera. Eso me lleva al patio, el cual estaba tan repleto como el frente. En lugar de mesas con barriles, hay gente jugando beer pong a un lado. Al otro lado hay personas bebiendo shots de gelatina antes de saltar hacia un trampolín, gritando al azar.

No veo a Cecilia por ningún lado, lo que es una pena. Cecilia es una de mis amigas de secundaria con las que he mantenido contacto, lo suficiente como para saber que tendría una mega fiesta esta noche.

"¡Yo creo que te iría bien bebiendo uno de estos!" dice una rubia, sosteniendo un shot de gelatina amarillo brillante. Está claramente ebria, pero también muy contenta. Me sonríe. No puedo confiar en ella.

"Gracias," grito. "¡Salud!" Tomo la gelatina, mordiéndola rápidamente. Trato de no masticar mucho, porque los shots de gelatina son hechos con algo un poco nocivo. Hago una mueca, apretando el envase de plástico donde estaba el shot.

La chica ebria se acerca y acaricia mi cabello.

"Eres linda," dice ella, con sus mejillas tan rojas como nunca. "Como... quisiera ser así de linda."

Ella está *borracha*. "Hola. Soy Emma," le digo al oído.

"Cher," dice ella con una risita. "Me siento algo mal justo ahora."

"Estás bien," le aseguro. "Sólo estás ebria."

Ella me sonríe, asintiendo. Casi anhelo su nivel de despreocupación. No nos conocemos para nada, pero ella está acariciando mi cabello.

Quizás deba emborracharme. Podría tomar más shots de gelatina en esta fiesta. Podría ser esa chica.

"¿Puedo tomar otro shot?" grito.

"Sí, ¡buena idea!" grita ella. Me lleva de la mano hacia un congelador donde estaban guardados los shots de gelatina. Mete su mano en el congelador y saca uno rojo. "¡Aquí tienes!"

Muerdo el rojo, retorciéndome por el sabor. No sé qué le ponen, pero casi lo opaca la dulzura de la gelatina... casi.

"Vamos. Ven a saltar," insiste Cher, tomando mi mano de nuevo. Empieza a correr, y lo hago también. En el último momento antes de lanzarnos hacia el trampolín, ella suelta mi mano.

Entonces estoy volando en el aire, sonriendo estúpidamente. Aterrizo justo después que Cher, golpeando la superficie del trampolín. Ella grita muy fuerte, y yo suelto un pequeño grito mientras rebotamos por unos minutos.

Al tiempo salimos del trampolín para darle espacio a la siguiente persona. Me quedo sin aliento al igual que Cher. Tomamos un minuto para recuperarnos, arreglar nuestro cabello y reír.

Ahí fue cuando veo a través del patio trasero y encuentro a Gunnar y a Jameson salir de la casa. Ambos parecen unos jodidos modelos, ambos de pies a cabeza vistiendo de negro.

Lucen tan parecidos por un momento, casi como si fueran gemelos.

Y como un imán, los ojos de J se cruzan con los míos, con mi cabello desarreglado y mis ojos brillantes. Parece sorprendido de verme, como si yo no pudiera divertirme por mi cuenta. Esa idea hace que mi sonrisa se atenúe un poco.

Gunnar se dirige a la mesa de beer pong, y Jameson viene hacia mí. No lleva su chaqueta de cuero ni su casco, por lo que debe haber llegado con su el antiguo Jeep que a veces carga. Cher se ríe, tirando de mi brazo.

"Ese chico súper sexy viene a hablar contigo," dice ella con una sonrisa.

"Sí, eso creo. Es un amigo," le digo, sonrojada.

Ella me mira con los ojos abiertos. "Ah, claro. Vas a tener sexo esta noche."

"No es eso—" protesto, pero ella ya está guiñándome un ojo y asintiendo. Se da la vuelta, y encuentra a otro sujeto cualquiera para hablar.

Cuando Jameson se acerca, luciendo alto e imponente, tiene que inclinarse para hacerse escuchar. Por accidente rozó mi cabello con su mano, con un gesto extrañamente íntimo. "¿Qué haces aquí?"

Su voz baja me causa escalofríos por todo el cuerpo. Inclino mi cabeza, y luego me acerco a su oído.

"Me divierto. ¿Tú qué haces aquí?"

Él parece entretenido. "Gunnar me arrastró hasta aquí. Claro que él encontró a alguien y me dejó sólo. Me alegra verte, porque no conozco a nadie en esta fiesta."

Le sonrío. "Sí, yo tampoco conozco a nadie. Sólo quería salir de mi casa y hacer algo que no involucrara estudiar para variar."

Él mira todo el patio trasero. "Creo que necesito un trago."

"¡Oooh! Podrías tomar uno de los shots de gelatina que me dieron," le digo. "Son algo fuertes. Ya me siento algo... mareada."

Y es cierto. Todo parece tener un tenue halo. Y podría ser mi imaginación, pero me siento más cálida, como si recibiera un fuerte abrazo de alguien más grande que yo.

Jameson pone una cara seria. "Voy a buscar una cerveza. Ya vuelvo."

Hice pucheros por un momento, y luego decidí buscar otro shot de gelatina. Me dirijo al congelador, y lo abro. Cher aparece como si la hubieran invocado por arte de magia.

"Oye, no deberías tomar más de dos de esas cosas," grita ella. "Están llenas de éxtasis."

Me congelo. "¿Qué?"

"MDMA, éxtasis. Son shots de gelatina especiales." Ella se ve complacida consigo misma por alguna razón."

"¡Mierda!" digo. "¿Eso no es como... lo que toma la gente en los reventones?"

"Sip, exactamente." Ella asiente al ritmo de la música.

"Yo... ¡yo nunca he tomado ninguna droga!" protesto. "¡Estudio leyes! No tengo tiempo para esta clase de cosas."

Empiezo a llorar. Me siento como pez fuera del agua. No sé nada sobre drogas. Ni siquiera he fumado marihuana.

Cher me abraza de repente. Me siento algo perdida sobre qué hacer. "Esto es lo que más necesitas. Bebe mucha agua, ¿okey?"

Veo a Jameson regresar con un solo vaso rojo, y me aparto de los brazos de Cher. "Creo que tengo que irme."

Me doy la vuelta hacia Jameson, sintiendo pánico. Me acerco a su oído, acoplando mi mano para que me escuche. "¿Podemos irnos?"

Él me mira, directo a las lágrimas en el borde de mis ojos. "Sí, claro."

Sin más qué decir, él bebió su trago de una sola sentada. Me acerca su mano. Yo la tomo, sintiéndome perdida y ansiosa. Él me lleva a través de la fiesta, a través de la casa y hacia afuera.

Una vez que bajamos unas casas, la música se ha desvanecido lo bastante para escucharlo de nuevo. Él suelta mi mano, y luego yo la miro, preguntándome cómo podía sentirse tan... vacía.

"¿Qué sucede?" me pregunta, tomándome con gentileza por el hombro.

Yo lo miro, dándome cuenta de cuán apuesto es. Mejillas firmes, una prominente nariz, unos perfectos ojos marrón oscuro. *Uff.*

"¡Oye! Di algo." Él me empuja, sacudiéndome un poco. Creo que tardé mucho en responder. Le sonrío, sintiendo miles de pequeños pinchazos detrás de mi cráneo. Debe ser el efecto del MDMA. Creo que no es tan malo...

"Ummm... los shots de gelatina tenían MDMA, creo," digo. Mi lengua se siente muy rara en mi boca de repente.

"¿Quéeeeee?" dice, perplejo.

"No lo sé," digo. "Pero creo... ¿creo que estoy drogada?"

"Mieeeeerda. ¿Te sientes bien?" dice. Jameson se acerca, analizando mi rostro con total gravedad.

"Me siento bien, creo," digo, riendo.

"Okey. Tenemos que llevarte a algún lado. Que no sea público, donde pueda sacar el MDMA de ti. ¿Quieres ir a mi casa?"

Frunzo el ceño. "Asher podría estar allá. Él no puede saberlo."

Él suspira. "No es como si lo hubieras hecho a propósito."

"Sí, pero si él llega a casa y me encuentra drogada, no me dejará volver a salir contigo." Acerco mi mano, colocándola en su franela. "Quiero salir contigo, ahora más que nunca. Además, el sólo pensar en Asher me pone ansiosa."

Él pone una cara seria. "Okey. Podemos ir a tu casa. Pero hay que poner límites, aquí..."

Salto y lo abrazo, hundiendo mi rostro en su cuello. Lo que ansiaba ahora, lo que necesitaba, era que él me abrazara. Acaricie mi cabello, incluso hasta besarme.

Pero él pone su mano y separa nuestros cuerpos con fuerza.

"De eso estoy hablando exactamente. El MDMA hace que disfrutes muuuucho el contacto físico. Pero incluso estando drogada... creo que deberíamos limitar el contacto, probablemente."

"¿Por qué?" pregunto. Me distraje por el ladrido del perro de un vecino. No podía ver al perro, pero quería acariciarlo.

Jameson aclara su garganta. "A menos que quieras ir con Asher, sólo di que sí."

Encojo mis hombros. "Okey. ¿Podemos irnos?"

"Sí. Le enviaré un mensaje a Gunnar después," dice él. "¿Caminamos?"

Le sonrío, inclinando mi cabeza a un lado. "Totalmente. Lo que tú digas, Sr. Hombre."

Él entorna sus ojos. "Genial. Andando."

Y con eso, los dos empezamos a caminar calle abajo.

10

EMMA

Mientras subo las escaleras a mi casa, tomada del brazo con Jameson, no puedo evitar sonreír. No me molestaría decírselo en voz alta, pero cualquiera que nos viera pensaría definitivamente que íbamos a mi casa a follar. Más que eso, cualquiera que pase podría asumir que estamos saliendo.

Me río un poco por eso. La idea de un Jameson grande y malo apareciendo para llevarme a una cita es ridículo.

...¿O no?

"¿No es qué, Emma?" dice él. No me di cuenta de que hablaba en voz alta, y me pongo colorada. "¿Tienes tus llaves?"

"No las necesito." Abro la puerta de golpe. Doy un paso adentro, sonriendo como una maniática. "¡Ta-da!"

Él gruñe enseguida. "Dios, Em. ¿Acaso ustedes dos dejan su puerta abierta todo el tiempo?"

"Sip. Evie perdió sus llaves la semana pasada. No se lo cuentes a ningún hombre grande y malo." Arqueo las cejas mientras cierra la puerta detrás de él.

"Eso tendrá que cambiar," dice él. "No esta noche. ¿Podemos ir a tu sala?"

"No no no," digo, tomando su brazo y llevándolo hacia mi habitación. "Ven aquí. Hay un álbum que en serio, en serio quiero escuchar ahora."

"¿No lo puedes escuchar en la sala?" pregunta.

Doy la vuelta y me detengo en seco, haciendo que él se tropiece conmigo. "Ohhh, no. No hay ningún equipo de sonido allá."

Él entorna los ojos. "Okey."

Continúo llevándolo del brazo hasta mi habitación. Como el resto de la casa, mi cuarto es pequeño. Sólo cabe la cama y un cofre con compartimientos, aparte de un diminuto armario que hace juego. Jameson ha visto mi cuarto antes, obviamente, pero cuando entra en la habitación, lo mira con incertidumbre.

"Siéntate," le ordeno, apuntando a la cama. "Tengo el álbum en algún lado."

Él se sienta a un lado de la cama, notablemente incómodo. Yo suelto una pequeña risa mientras busco mi ipod en el escritorio, el cual estaba conectado a un altoparlante con bluetooth.

"¿Qué es tan gracioso?" pregunta.

"¿Mmm? Ah. Sólo me río por como te sientas en mi cama como si nunca hubieras estado en tu traje de nacimiento aquí." Pongo mi álbum favorito de m83, el cual es la música apropiada para el momento, creo.

"Hmm," es su única respuesta. Cuando doy la vuelta, él me mira con sospecha. "Me gusta ese álbum."

"¿En serio? ¡A mí también!" Sonrío, caminando al otro lado de la cama. "Es tan... fantasioso y atmosférico e intenso, todo al mismo tiempo."

Me siento, quitándome los zapatos de tacón. Me recuesto en la cama, estirándome y suspirando. "Se siente taaaaan bien."

Y es cierto. Me siento genial, como si tuviera miles de pequeñas luciérnagas bajo mi piel, pero de *buena* manera. Estirarse se siente bien. Todo se siente simplemente *bien*.

Muerdo mi labio inferior. Quiero pedirle a Jameson un mini masaje, pero no quiero que se altere. De hecho, quiero saltar sobre él, pero seguramente llamaría a Asher para que me cuidara.

Preferiría tener a Jameson como mi niñero en lugar de mi hermano.

Jameson voltea su cabeza para mirarme. "¿Te encuentras bien?"

Le sonrío con flojera, sintiéndome increíblemente relajada. "Claro, estoy bien. Sólo me preguntaba cómo pedirte que me masajearas los hombros sin que fuera algo incómodo, nada más."

Eso le saca una pequeña risa. "Déjame buscarte un vaso con agua. Luego hablaremos más sobre frotar tus hombros."

"Oooookey," Respondo con voz cantarina. Lo escucho levantarse y salir del cuarto.

Cierro mis ojos, estirando mis brazos. Siento la cama debajo, la cobija de algodón y las súper cómodas sábanas, y la almohada lo bastante firme. Es placentero. Todo el mundo se siente tan bien ahora, capaz de enviar nada más que buenas cosas hacia mí. Una de mis manos pasa por el dobladillo de mi pierna, sintiendo la diferencia entre la tela de mi vestido y la suave piel debajo.

"Toma," dice Jameson, sorprendiéndome al pararse justo a mi lado. Se sienta en la cama, haciendo que rechine bajo su peso, y me pasa un enorme vaso con agua. "Bebe tanto como puedas. Tu cuerpo se pone algo caliente debido a las drogas, y no querrás deshidratarte."

Tomo el vaso, bebiendo en tragos largos. "Mmm. Está bueno."

"¿Quieres más?"

"No, ahora no," le digo. Pongo el vaso en el suelo, y luego me levanto. "Quiero que me frotes los hombros."

Él me mira, calculando cuán seria soy. O quizás está intentando ver qué tan drogada estoy. No lo sé.

"Me portaré bien, lo prometo," le ruego. "Sólo quiero sentir el contacto por ahora."

Rindiéndose, suspira. "Okey. Date la vuelta."

Él hace una seña con su dedo. Yo me apresuro a hacer lo que me pide. Realmente quiero que me toquen, tanto que siento escalofríos por mis brazos, cuello, y hasta mis clavículas.

Sus cálidas manos finalmente aterrizan en mis hombros, frotándolos con tal intensidad que me hace gemir. Él se detiene, levantando sus manos de mi piel, pero me recuesto sobre él. "No te detengas. Por favor, no pares."

Jameson continúa masajeando mis hombros de nuevo, con una presión suculentamente fuerte. Estoy tranquila, pero por dentro, hago todo lo posible por no ponerme escandalosa. Él mueve todos los pequeños nudos en mis hombros, y luego trabaja con mi cuello.

Oh. Por. Dios. ¿Acaso alguna vez había sentido algo tan maravilloso? Me cuesta creerlo.

Cierro mis ojos, escuchando la música, la cual parece aumentar. Mientras me masajea, me muevo lentamente a un lado y me recuesto, de manera de que quedar acostada sobre su regazo. Pero lo hago con cuidado, para que él ni siquiera se dé cuenta de lo cerca que estamos.

Él se cansa, y acaricia mi cabello en lugar de masajear. Aunque eso está bien para mí. Cuando pienso al respecto, estoy viviendo mi sueño. ¿Todas esas fantasías de adolescente... todas las veces que pensé en él mientras usaba mi vibrador... todos los momentos en que lo llamaba en esta cama, fría y sintiéndome cada vez más sola?

Sí, eso no es nada en comparación con tenerlo aquí conmigo, de cualquier forma. Tener a Jameson en este cuarto es jodidamente fantástico, y es un hecho.

Eventualmente abro los ojos, mirándolo. Detallo su corto y oscuro cabello, sus atractivos ojos marrón oscuros, su fuerte quijada con barba de dos días. Me sorprende darme cuenta de que él me estaba mirando, con algo oscuro en sus ojos. Lujuria, anhelo... ¿o tal vez ambos?

Quizás es lo que deseo que haya ahí. Pero lo dejo hacer eso que hace, que su mirada baje a mi boca una vez más.

Y entonces... mira mi boca, inconscientemente mordiendo su carnoso labio inferior. No puedo evitar mover mi cabeza hacia arriba, buscando sus labios con los míos. Él se inclina un poco, bajando su cabeza. Siento el calor de su aliento cruzando por mis labios.

Está haciéndolo en realidad, me doy cuenta.

Él cierra la distancia, tocando mis labios con los suyos.

Y se siente como el paraíso. Su boca es mucho más cálida que lo que fue en mis fantasías, aunque su beso es demasiado ligero. Explorador, tentador.

Abro mi boca un poco, dejando que mi lengua encuentre la suya, acariciándolo con gentileza. Luego él me sorprende. Él gruñe, un sonido de frustración.

Conozco ese sentimiento muy bien, el que tiene preocupado a Jameson. Así que me siento, lo empujo contra las almohadas, y empiezo de nuevo. Esta vez, estamos cara a cara, con nuestros ojos cerrados mientras nuestras bocas se abren entre sí. Pongo mis manos en las solapas de su chaqueta de cuero, apretándolas.

Siento sus manos en mi cadera, su contacto increíblemente ligero. Siento como si él no quisiera besarme, y eso es simplemente inaceptable. Así que muerdo su labio inferior, invitándolo a jugar más rudo.

Después de todo, eso es lo que quiero. Quiero todo el juego, las agallas y la gloria.

Cuando miro a Jameson, veo a este chico malo al lado contrario de las vías. Puedo darme cuenta que le gusta ser brusco, que deja marcas y mordidas a su paso. Puedo adivinar que tras una *larga* noche, con la persona correcta bajo su orden, él podría dejar la cama con marcas de rasguños y mordidas y quién sabe qué más.

Heridas de guerra.

Así que le doy una mordida, para ver qué clase de reacción recibo. Él gruñe en mi boca, con su mano subiendo para hundirse en mi cabello. Él me controla como una marioneta, moviendo mi cabeza, dándole total acceso a mi boca. Él se acerca, afirmando más su beso, casi como castigándome.

Con su mano libre, él toma mi rostro, con un gesto cariñoso y aún así dominante. Mi aliento se vuelve pequeños jadeos de emoción.

Soy *suya*. Finalmente soy totalmente suya.

Nunca había sentido algo como la forma en que él me tocaba. Lo *necesito*.

Jadeo cuando él suelta mi boca, agarrando mi cabeza y moviéndola para exponer la flexible columna de mi cuello. Puedo sentir el poder que él contiene, palpable y obvio. Siento escalofríos mientras me doy cuenta de que finalmente, estoy bajo su control.

Su mano suelta mi rostro, acoplándose en mi pecho. Suelto un gemido ante su contacto, arqueando mi espalda.

Más, necesito *más*.

Luego su beso se va enlenteciendo justo antes de llegar a mi clavícula, hasta detenerse por completo. Él inclina su frente hacia la mía, con los ojos cerrados, y su aliento saliendo en silenciosos jadeos.

Abro mis ojos, y él abre los suyos. Veo esa combinación de lujuria y anhelo de nuevo, pero esta vez, él me aparta.

"No," él suspira, con voz ronca. "No, esto no está bien."

Él me aparta de encima, levantándose. Lo miro, confundida y sin habla. Él menea su cabeza.

"No podemos. Asher nunca lo entendería. Si él se da cuenta, y pierdo a mi mejor amigo..." Él parece frustrado. "No puedo dejar que pase. En especial no ahora, cuando estás más elevada que una cometa. Dios." él da unos pasos hacia atrás. "¿Qué demonios *pasa* conmigo?"

Escojo mis palabras con cuidado. "No hay nada malo en ti. Tú me atraes, y yo te atraigo. Es como si... *se supone* que sea así."

Jameson no escucha.

"No," dice, meneando su cabeza de nuevo. "Eso no puede pasar. Esto no pasó, no volvamos a hablar de esto nunca más."

"Pero, Jameson—" empiezo a protestar. Pero es tarde. Él se pone férreo.

"Me voy a sentar en la cocina." Se dirige a la puerta.

"Espera, al menos hablemos—"

Él me mira. "¿De esto? ¿De esta... cosa extraña entre nosotros, sea lo que sea? No puede pasar. Nunca, ¿entiendes?"

Lo miro con recelo. "¿Pero por qué? ¿Por qué te resistes a algo que claramente quieres?"

"Pregúntale a tu hermano. Él es quien hace todas las reglas en nuestro mundo."

Y entonces sale de la habitación. Dejándome enfurecida, realmente drogada, y a punto de estallar en lágrimas.

Estaba tan cerca de conseguir lo que quería. Podía tocarlo, saborearlo, olerlo.

¿Qué se necesito para romperlo? Me pregunto.

Me acuesto en la cama, pensando y planificando en cómo conseguirlo.

11

JAMESON

2 004

"Sí, pero... la renta son $800. La comida, $1200. El seguro del auto y la gasolina son como... $200, probablemente..." dice Forest, tomando notas en el dorso de un viejo panfleto. "$200 para en los pasajes para Gunnar y yo. Y esos son sólo las cosas más básicas."

"Cielos, la comida sí que es cara," me quejo, recostándome en mi asiento.

Forest sólo asiente, perdido en sus ideas. Yo sólo le dejo hacer lo suyo. Soy malo con las matemáticas.

Estamos sentados en el sofá que también hace de mi cama, tratando de averiguar cómo vamos a administrar este mes. Él sólo tiene diecisiete años, y creció alto y moreno como yo, pero es muy serio. A diferencia de mí, Forest está por graduarse de la secundaria como el mejor de su clase. Él tiene cerebro para los números, por eso le he pedido que me ayude con esto.

"¿Y el viaje escolar de Gunnar?" le pregunto, inclinándome hacia el frente para ver lo que escribe Forest. "Esos son otros cien."

Él lo escribe, frunciendo el rostro. "¿Y tú qué vas a ganar?"

"Depende de las propinas. Yo definitivamente ganaré $400 cada semana, pero las propinas han sido malas el último mes. Quizás... otros $50 cada turno, seis turnos a la semana." Lo pienso por un segundo. "Puedo volver a trabajar turno doble algunos días, creo."

"Ni hablar. Así terminaste caminando con neumonía por dos meses." Forest menea su cabeza. "El doctor dijo que necesitas dormir como un ser humano normal. Deberías dejarme conseguir un trabajo."

"No," digo, mordiendo la palabra. "Tu trabajo es graduarte de secundaria. Te quedan pocos meses, y luego te irás a California para completar tu carrera. Nada de 'si esto' y 'lo otro', no quiero nada de peros."

Él entorna sus ojos hacia mí. "Como digas."

"Hablo en serio. Eres un chico listo. Un día, esto nos recompensarás en grande. Me lo agradecerás cuando pase."

Forest me da una mirada seria. "Claro, pero mientras tanto... tendremos que andar cortos."

"Así que volveré a los turnos dobles." No quiero decirlo tan alto, pero en realidad esperaba no tener que volver a hacerlo. Trabajar doble turno en un restaurante es una tortura. Son doce horas de gente esperando que anticipe cada necesidad. "Quizás dos a la semana. Puedo con eso."

"Creo que... eso podría funcionar..." dice Forest. "Eso es, ¿qué?... ¿doscientos más a la semana?"

"Sí, tómalo o déjalo." Suspiro. "Vas a tener que llevar a Gunnar a la escuela de nuevo. Si el consejo escolar descubre que estamos usando una vieja dirección, los expulsarán a los dos."

"Tiene trece. Puede tomar el autobús, igual que yo."

Entrecierro los ojos. "No confío en él como en ti cuando tenías su edad. Él siempre quiere fanfarronear, tratar de impresionar a las chicas. No creo que se dé cuenta lo serio que el consejo escolar toma el asunto de la zonificación."

Golpean la puerta de enfrente, lo que siempre me pone bastante paranoico. En mi experiencia, usualmente no son buenas noticias. La puerta se abre, y es sólo Asher.

Él se está dejando crecer el cabello como una mopa rubia, y está súper mal vestido. De hecho, es la forma en la que me preocupa que me vea la gente, excepto que él no tiene razones para temer. Él es Asher Alderisi después de todo — súper rico, va a Stanford, y conduce un Mercedes.

Su aspecto roñoso es sólo para hacerse notar. Una pequeña parte de mí está enojado por eso... pero intento no pensar en eso.

"Hola chicos," dice él, entrando y cerrando la puerta. "¿Qué hay?"

"Nada," digo. Pero Forest responde al mismo tiempo, "Haciendo un presupuesto. No estamos seguros de cómo pasaremos este mes. Tú sabes, lo de siempre."

Forest se desparrama en el sofá. Siento como las puntas de mis oídos se enrojecen. Asher sabe que estamos cortos de dinero, pero no me gusta hablar al respecto.

"Entonces llego en buen momento," dice Asher, buscando en su bolsillo. Saca una gift card. "Pedí dinero para mi cumpleaños, y mi tía abuela pensó que hablaba de dinero para hacer mercado, ¿o lo que sea? Yo qué sé. De todas formas, me dio esta gift card, que son como mil dólares... pero sólo puede ser usado en las tiendas asociadas a la tarjeta."

"Woa, ¿en serio?" dice Forest, saltando para tomar la tarjeta. "Asher, esto es genial."

No me siento conforme con eso. "¿Estás seguro de eso? Es mucho dinero."

"Sí, pero no me gusta... ir a hacer mercado. Yo como en el campus, la mayor parte del tiempo." Asher se acerca y se sienta en la silla plegable que tenemos en la sala. "No es gran cosa, honestamente. Quiero decir, ustedes le darían un mejor uso ¿no?"

"Definitivamente," dice Forest. "Jameson no deja de quejarse de que la comida es cara."

Me quedo rascando la barba de mi mejilla. "Sí, gracias."

Así es como es Asher. Él consigue estas cosas asombrosas, como este certificado de regalo, o la cacerola de carro de segunda mano que está estacionada afuera. Y luego, me los da como si fuera cualquier cosa.

Podría necesitarlo, pero aún así es algo incómodo. La peor parte es que él ni siquiera está consciente del valor de lo que entrega. Sé que si lo acorralo y le muestro las cosas que él me está dando bajo su nariz, él sólo lo echará a un lado.

¿Cómo empiezo siquiera a pagarle por lo que le debo? Ni siquiera sé calcular el costo, honestamente.

"Oye, tienes libre hoy, ¿verdad?" pregunta Asher.

"Si... lo estoy," digo lentamente.

"Perfecto. Quiero ir a ver Hellboy."

"¿Quieres eso?"

Él suspira dramáticamente. "Trabajas demasiado, y no prestas atención a lo que pasan en taquilla. Créeme, te encantará. También a ti, Forest, si no estás muy ocupado."

"¡Claro que sí!" dice Forest. "Déjame buscar mi chaqueta."

Lanzo una mirada a Asher. Él se da cuenta que lo veo.

"¿Qué?" dice. "Sé que no vas a rechazar una película gratis y palomitas."

Y tiene razón, no lo haré. Pero estoy añadiendo un punto más a lo que le debo a Asher, que irá creciendo más y más mientras seamos amigos.

12

JAMESON

ctualidad

SIGO REPASANDO una y otra vez la lista de lo que debo a Asher en mi cabeza mientras salgo a correr. Hay demasiadas cosas, tantas veces que él evitó que mis hermanos y yo muriéramos de hambre o durmiéramos en las calles. Sin duda que es una letanía sin fin.

Pero mientras regreso a casa, exhausto y sudoroso, sigo pensando en Emma. En cómo se veía la otra noche cuando me aparté del beso, su cabello revuelto y sus mejillas enrojecidas. Ella tomó mi chaqueta y me atrajo, con sus enormes ojos verdes ocultando secretos que no puedo ni siquiera adivinar.

Por un segundo, ella era la fantasía de cualquier hombre. Y por un segundo, casi dejo llevar por ella.

Pero no lo hice.

Ahora me desnudo para bañarme, y quedar de pie bajo el agua, preguntándome por qué. Quiero decir, sé el porqué. Asher ha puesto una restricción en nuestra amistad, y esa es Emma.

Pero una pequeña voz en mi cabeza dice, ¿y qué?

Así que le debes a Asher para siempre. Así que te puso a la única chica que te interesa fuera de los límites. Así que hacer cualquier cosa con ella te convertirá en el peor y más desagradecido amigo de la historia.

Me quedo bajo la humeante ducha, y decido olvidar las reglas por un momento. En vez de eso, me concentro en el sabor de Emma, en los suaves gemidos que hace, en la forma en que sus curvas se sentían bajo mis manos. Me pongo duro en un instante, con mi jabonosa mano bajando hacia mi pene. Doy sólo un movimiento, desde la base hasta la punta, y gruño fuertemente.

No cabe duda de que me pongo así por Emma. Había sido por unos años, desde que noté sus senos una noche que salimos todos juntos. Estaba bebiendo cerveza, y de un momento a otro tenía la mirada fija en ella. Preguntándome cómo se verían, cómo quedarían en las palmas de mis manos... preguntándome a qué sabrían.

Tiemblo, con mi cuerpo pasando del calor al frío, de sólo pensarlo. Pero no tengo permitido tocar, no tengo permitido averiguar cómo se sentirá su textura bajo mi lengua. Estoy frustrado, lo cual es obvio. Pero la solución a mi problema es no dejar que suceda.

Hago el resto de mi rutina de baño en unos minutos. Cerrando el grifo y enrollando una toalla en mi cintura, abro la puerta del vaporoso baño. Cruzo desde la sala hasta mi habitación, pasando por la puerta abierta de Asher. Él no está en casa, lo que es bueno.

¿Qué podría decirle llegado a este punto?

Cuando llego a mi cuarto, noto que la puerta está algo abierta. Eso es raro, porque siempre tengo cuidado de cerrarla completa. Abriéndola totalmente, soy recibido por la silueta de Emma, con nada más que su juego de brassier y panties de encaje rojo... en mi cama.

Mis cejas no podían elevarse más. Sujeto con fuerza la toalla en mi cintura.

"Hola," dice ella con pena, a pesar de que estaba jodidamente semidesnuda en mi cama. Su cabello estaba enganchado, y ella sólo está acostada en mi cama como si fuera algo perfectamente normal.

"¿Qué diablos haces tú aquí?" digo entre dientes, mirando detrás mío.

Emma inclina su cabeza. "Asher se fue. Pensé que... tú y yo podríamos... um... *tú sabes*..."

"¿Pensaste que ya que tu hermano está ocupado, podrías simplemente venir aquí y que yo te follara?" pregunto sin más.

Ella hace una mueca. "No, no exactamente. Pero también... algo así."

Apunto a la puerta. "Ni hablar. Afuera."

Ella luce tímida por un momento, antes de morder su labio y menear su cabeza.

"No lo creo. No creo que realmente quieras que yo me vaya."

"Ah, ¿así que ahora eres una experta en lo que yo quiero?" Agito mi ceja.

Ella se sonroja a un profundo color rosa. "Quiero serlo, si me dejas."

"Creo que deberías irte," le digo, acomodando mi toalla. "En serio, Emma. No sabes lo que estás haciendo."

"Yo creo... creo que sí," dice.

Sus ojos verdes brillan un poco por la tenue luz de la lámpara de noche. Ella lentamente se pone de rodillas en mitad de mi cama, empezando a desabrocharse el brasier. Miro atrás dos veces, hacia la puerta abierta. La cierro, en caso de que Asher regrese.

"Emma, no lo hag—" empiezo. Pero entonces ya el brasier estaba en el suelo, y sus increíbles senos desnudos frente a mí. Mientras miraba, boquiabierto, sus pezones perfectamente rosados se endurecían. Empiezo a sentir mi pene levantarse por debajo de la toalla.

Quiero decirle que se detenga, que se ponga su brasier de vuelta... pero todo lo que hago es dar un paso hacia ella, mirando fascinado. Sus senos son... asombrosos. Ella lleva sus manos a sus costillas, jugando con ella misma... y tentándome al mismo tiempo.

Maldición. Ella es tan jodidamente sensual, que no lo puedo soportar.

"Mmmm," dice, cerrando sus ojos. "Se siente bien."

Ella pasa sus manos por ambos senos, presionando sus pezones rosados con sus dedos. Me congelo, incapaz de hacer que se vaya o unirme a ella. Ella abre sus ojos un poco.

"Si te acercas, prometo tener mis manos conmigo..." Ella muerde su labio. "En serio."

Ella se mueve un poco, abriendo espacio en mi cama.

"Yo... no puedo. No confío en mí mismo," admito, con una voz ronca.

Emma me mira por un segundo. "¿Puedo contarte algo privado?"

Bajo mis cejas. "Estamos casi desnudos, solos en mi cuarto. Espero que lo que tengas que decir, puedas decírmelo a mí."

Ella se sonroja, bajando su voz. "Yo... yo nunca he... tenido un orgasmo antes, al menos no con alguien. Yo quiero— quiero saber cómo se siente. Yo quiero... quiero..."

Ella es tan pura, tan vulnerable en este momento. ¿Cómo puedo resistir que ella, de todo el mundo, me pida esto, de entre todas las cosas?

No digo nada, pero me acerco a un lado de la cama. Ella es como una polilla al fuego, aleteando a donde vaya. Se acerca al lado de la cama. Incluso arrodillada, es jodidamente pequeña comparada conmigo.

Nuestros ojos se cruzaron, ambos mirándonos con intensidad, tratando de tomar las medidas del otro.

Sus labios se abren. "Por favor, Jameson..."

Acerco mi mano, algo temblorosa por la intensidad del momento. Paso mis dedos por su delicada clavícula, y por su hombro ligeramente inclinado. Mi mano baja su cuerpo con facilidad. Ella es tan frágil, tan fácil de lastimar. Esto nunca había sido tan evidente como ahora, cuando ella está de rodillas frente a mí, con sus ojos verdes buscando mi rostro.

Me inclino, pasando mis labios a un lado de los suyos.

"No puedo prometerte que seré amable," le susurro. "No puedo decir que te trataré con suavidad."

La excitación que oscureció sus ojos mientras lo digo... eso no es bueno para mí. Emma es demasiado frágil para que yo haga todas las cosas que quiero hacer. Tengo que recordarlo.

"Hazlo," susurra, tomando mi mano, y llevándola hacia arriba hasta que descansa en la delgada columna de su garganta. "Por favor, te lo pido."

Maldición. ¿Acaso hay algo que desee más que ver a Emma desnuda de rodillas, rogándome que la folle?

Aprieto mi mano por un segundo, sintiendo como su respiración se agita. Luego muevo mi cabeza, mordiendo su labio inferior.

Su aliento sale con un jadeo. Desciendo en su boca, moviéndome para arrodillarme en la cama. La beso con fuerza, moviendo mi lengua para encontrar la de ella. Sus manos aterrizan en mis caderas, con un toque tentador.

Me detengo, retrocediendo. "No me toques," le ordeno. "Yo seré quien haga."

Ella muerde su labio, apartando sus manos de mis caderas. Me inclino para besarla de nuevo, detallando las líneas de su rostro, de su cuello. Palpo sus senos con mis manos, ahogando un gemido. Son las montañas perfectas, algo pequeñas pero tan jodidamente firmes, con los pezones sobresaliendo. Se me hace agua la boca, quiero saborearlas.

La empujo hacia atrás hasta que cae en la cama, en una enorme pila de almohadas. Ella lucha por sentarse, pero me inclino sobre ella un poco, manteniéndola ahí. Siento cómo se suelta mi toalla, y la dejo caer. Mi pene sale, totalmente duro, pero hago lo mejor por ignorarlo.

Bajo mi cabeza, levantando un pezón con una mano, tomando el más delicado gusto. Mis labios encuentran su pezón, y el contacto hace que ella gima con fuerza.

Dios, sabe como a miel. Hice un sonido profundo en mi garganta, chupando más de su piel. Sus dos manos golpearon la cama, hundiéndose en la sábana mientras hace sus pequeños y jadeantes sonidos.

"Oh, oh, oh, *oh*," dice ella. Es música para mis jodidos oídos.

Suelto su seno de mi boca con un *pop*. Conozco otro lugar que quiero saborear. He soñado con el sabor de su vagina por tres años. Ahora es mi maldita oportunidad, y no quiero esperar más. Quiero que mi lengua explore cada entrada de ella, hacerla retorcerse, hacerla *gritar*...

"Quítate las panties," le ordené. Me cansé de esperar. "Rápido."

Emma se apresura a pasar dos dedos por la banda de sus panties. Hasta ahora ella parece darse cuenta de que mi pene había sido liberado de la toalla, y me mira con ojos abiertos de par en par. Quizás ella nunca había visto un pene tan grande antes. Sin embargo, yo no tengo tiempo para que ella se quede boquiabierta.

Impaciente, me inclino y tomo sus panties, pasándolas bajo

sus piernas. Las lanzo a un lado, con mi vista enfocada en la fina franja de cabello que lleva a su vagina. Mi pene se levanta de atención mientras paso una mano para suavizar mi toque entre su estómago y sus costillas.

Me levanto, masajeando mi pene por un segundo. Disfruto mirarla, ver cómo se sonroja, ver sus intentos para cubrirse con sus manos. La quiero salvaje y lasciva, con su cabeza hacia atrás mientras disfruta un poco. Quiero ver cómo arquea sus pies, quiero ser el nombre que ella grita cuando está por correrse.

Lo quiero todo, y quiero recordarlo por siempre.

Así que reprimo mi impaciencia y tiro de sus rodillas al borde de la cama. "¿Ya has fantaseado con esto? ¿Conmigo, follándote hasta gritar?"

Los ojos de Emma se abrieron. Ella me mira, con ojos brillantes de anticipación. "S-sí..."

Aprieto su rodilla. "Chica traviesa. Quiero que me muestres exactamente lo que haces cuando piensas en mí. Toca tus senos, abre tus piernas. Quiero verte jugar con tu clítoris."

Ella se torna totalmente roja, lo cual amo. "Jameson..."

"Haz lo que te pido, y te haré acabar con mi boca. Estoy desesperado por probar esa vagina." Lo marco como un desafío y lo ofrezco como una recompensa, pero sé que realmente soy yo quien disfrutará su recompensa. Espero con un aliento agitado a que ella decida.

Ella toma el anzuelo. Cerrando sus ojos, ella muerde su labio inferior y acaricia ambos senos, llevándolos a un punto fino.

"Maldición," le digo. "Eres demasiado sexy, Emma. Me gusta la forma en que juegas con tus pechos."

Mi pene exige atención, así que le doy una gentil caricia, de la base hasta la punta. Estoy demasiado sensible ahora, mirando a Emma mientras tentativamente abre sus piernas. Cuando revela su vagina perfectamente rosada, ya brillante por sus jugos, bajo la velocidad un poco más.

Normalmente iría tan fuerte como es posible, con las bolas hasta el fondo, pero estoy casi seguro de que acabaría antes que ella. No quiero eso.

Mientras miro, ella abre su vagina con dos dedos, exponiendo su clítoris para mí. Muerdo mi labio inferior. Ella usa su otra mano para gentilmente pasar la punta de un dedo sobre su clítoris. Ella frunce sus cejas, con sus ojos cerrados.

No puedo decidir a qué mirar, y mis ojos siguen rebotando entre sus senos y su vagina.

"Mmm, se siente bien," murmura ella. "No aguantaré por más tiempo."

Creo que esa es mi señal. Me arrodillo al borde de la cama, reposando mis manos en sus piernas. Sus ojos se abrieron lentamente, tan verdes que me mantienen fijo por un segundo. Me inclino y la beso por dentro de su rodilla.

Sus dedos se siguen moviendo, acariciando con suavidad su clítoris. Yo llevo mis labios hacia su vagina, escuchando sus suaves gemidos, abriendo sus piernas más y más. Finalmente cierros mis labios sobre su clítoris, apartando sus manos. Ella sabe jodidamente increíble. Sabe como la miel, con un tono de humedad y éxtasis.

"Ohhhh *dios*," dice. "Eso se siente muy bien."

Alterno entre chupar con ritmo y mover mi lengua alrededor de su clítoris. Llevo sus piernas sobre mis hombros, y ella empieza a moverse contra mi boca, deseosa de más. Ella comienza a gemir más fuerte, con pequeños *ohs* y *mmms* saliendo de su boca, y su cabeza hacia atrás en las almohadas.

Esto, este momento es exactamente lo que quería. Mi pene me arde, más que listo para estar dentro de ella. Pero lo ignoro, enfocado en Emma, en lo que ella claramente quería y necesitaba ahora. Revuelvo mi lengua, pensando en si introducir o no mis dedos a la fiesta.

Es muy tarde para eso. Ella se tensa, presionando hacia abajo, y sé que está por acabar antes de que lo dijera.

"Oh dios... oh dios, estoy que... ¡DIOS! ¡¡Jameson!!"

Ella acaba en pulsos, retorciéndose en mi lengua. Escuchar mi nombre en sus labios cuando ella está al borde se siente bien, aunque claro que estoy aquí... levanto mi cara con su apretada y necesitada vagina. Sé que podría levantarme y entrar en ella, que penetrarla totalmente podría satisfacer el dolor que me causa Emma dentro de mí.

Me volvería loco, probablemente. Nos volvería locos, quizás para siempre.

Me siento muy, muy tentado. Dios sabe que lo deseamos bastante.

Continúo agitando mi lengua gentilmente hasta que ella me aparta, demasiado sensible para más contacto. Luego me desenredo cuidadosamente de ella. Ella se me acerca, y le doy un largo y profundo beso.

Una de sus manos acaricia mi pene, tímidamente. Cierro mis ojos, imaginando cómo sería que la dejara bajarme, que la dejara tocar mi ansioso pene. Imaginé mi clímax, nuestro clímax compartido, sería maravilloso.

Mi teléfono empieza a repicar, y me aparto de golpe. ¿Qué rayos estoy haciendo?

"Espera—" ella empieza a decir.

"Creo que sería mejor que te fueras," digo con una voz ahogada. "Debo... debo tomar un baño."

Busco mi toalla, volviéndome frenético. ¿Qué he hecho? No hay forma de revertir esto, no ahora. Encuentro mi toalla, y la uso para cubrir mi pene.

"¡Pero acabas de salir de la ducha!" dice ella, confundida. "¿Por qué te pones raro tan de repente?"

Doy varios pasos hacia la puerta. Miro a Emma, con sus mejillas enrojecidas y su cabello desarreglado.

"Esto fue... no podemos hacer esto," logro decir. "Simplemente no podemos."

Es todo lo que puedo decir. Abro la puerta de golpe y me lanzo a través del salón, hasta estar a salvo detrás de la puerta del baño de nuevo.

Estúpido, estúpido, ¡*Estúpido*! Pienso. Estoy realmente arruinado ahora. Asher oficialmente tiene las bases para nunca más hablar conmigo.

Me hundo en el suelo del baño, esperando como nunca que Emma sólo se vaya. No puedo explicar mi pensamiento caótico a ella cuando salga de este cuarto.

Lamo mis labios, y su sabor sigue en ellos, como una marca ardiente.

¿Qué he hecho?

13

EMMA

"Recuerda, la fundación de dicho proceso es un hecho..." dice el profesor. Está sentado en frente de la clase en la escuela de leyes, hablando animadamente sobre leyes constitucionales. Es un hombre caucásico, probablemente unos sesenta y cinco años, con cabello blanco desarreglado y un traje arrugado. "Como sea, de vuelta a su examen final..."

Me siento en mi escritorio, golpeando el lapicero en mi cuaderno abierto, y ahogo un suspiro. Esta es mi última clase antes de las pruebas finales, las cuales se harán en los próximos dos días. Debería prestar atención a lo que dice el Dr. Smith...

En vez de eso, estaba pensando en Jameson. Realmente no es nada nuevo. Probablemente nunca he estado sentada durante una clase entera en la secundaria, universidad, o escuela de leyes sin pensar en él.

Pero ahora hay nueva leña para el fuego de mi imaginación. Recuerdos, frescos de hace dos días... y son candentes también. Imágenes de nosotros besándonos, de las cosas pervertidas que me hizo hacer, de él disfrutando mi vagina como si fuera su único trabajo...

Me pongo algo mojada, sentada aquí pensando en ello.

Claro, con todo y lo maravilloso, las cosas pudieron haber terminado de una mejor forma. Jameson terminó... ¿cómo lo diría?

No aterrado, exactamente. Él no estaba en pánico, pero me dijo claramente que lo que estábamos haciendo estaba mal.

Entiendo sus razones. Es mucho mayor que yo, mi hermano lo mataría, él está en el peor camino... bla bla bla. Las conozco, y aún así no me importa.

De todas formas es tarde para él. Porque ahora sé sin ninguna duda que Jameson me desea tanto como yo a él...

Y yo lo deseo. Lo quiero en mi cama, dominándome. Lo quiero en la pequeña mesa de mi cocina, medio de pie, y rápido. Lo quiero tomándome en el océano, tan lento y firme como las olas.

Siempre he querido a Jameson. Sólo lo he querido a *él*.

El asunto es que, ahora que ambos sabemos que hay chispas entre nosotros, necesito algo más de él. Intenté entrar en su cama, semidesnuda. Ahora es su turno de mostrarme que me quiere...

Y no tengo ni la más remota idea de cómo hacer que ocurra. Pienso sobre el fin de semana con un suspiro. Ellos tendrán un DJ francés este fin de semana en el Cure, mezclando todos los días, así que supongo que sé exactamente dónde estará Jameson.

Detrás de la barra del Cure, tratando de no mirar a Asher a los ojos, probablemente. Suspiro con fuerza, atrayendo las miradas de unos otros estudiantes.

Me doy cuenta de que los estudiantes a mi alrededor se están levantando y tomando sus cosas. Poniéndome de pie y metiendo mis cuadernos en mi bolso, me dirijo fuera del salón de clases. Soy una de las últimas personas en salir, pero me detengo abruptamente cerca de la puerta.

Miro con ojos de búho a Brad, un rubio de buen aspecto, quien ha estado en mi grupo de estudio por todo el semestre. Brad me sonríe nerviosamente, bloqueando la puerta.

"Hola, Emma," dice.

Aunque diga mi nombre, miro a mi izquierda, preguntándome por un segundo si se refiere a mí. Quizás él quería estudiar o algo, pero usualmente esas conversaciones sólo suceden a través del grupo de chat de la clase. No creo que hayamos hablado en persona en alguna oportunidad.

"¿Uhhh... sí?" digo, abrazando más mi bolso.

"Estaba pensando... digo ¿me preguntaba si querrías celebrar esta noche? Siendo el último día de clases y todo eso."

Mis cejas se levantan. "Ehm... ¿qué?"

Él se sonroja mucho. "El grupo de estudio estaba hablando antes de clases sobre salir esta noche. Tú sabes, festejar antes de meternos en los libros. Quería saber si quieres unírtenos."

Tomo pausa, con la boca abierta. Sé lo que está pidiendo. Me está invitando a salir, pero es demasiado tímido para pedirlo directamente. El diablillo en mi hombro frota sus manos y sonríe con malicia, porque Brad es muy... *normal*.

Desde sus pantalones Dockers hasta su simple camisa abotonada, Jameson podría detestar todo sobre este sujeto por cuestión de principios.

No debería hacerlo, pero le pregunto: "¿A dónde pensabas ir? Porque conozco un lugar que tendrá un DJ francés esta noche..."

Y Brad, el pobre e inocente Brad, sólo sonríe. "¡Suena genial! Digo, tú sabes, debo contarles a los otros..."

"Ajá," digo, buscando un lapicero y un cuaderno en mi bolso. "Toma, este es el nombre del bar... ¿Qué dices si vamos a las nueve?"

"Sí, totalmente. Eso suena maravilloso." Brad sigue sonrojado.

Entrecierro mis ojos. "¿Sabes? Creo que le gustarías a mi compañera Evie. Ella es todo un bombón, y le gustan los sujetos que son algo tímidos. Tendré que llevarla esta noche."

Los ojos de Brad se ensanchan. "Umm... ¿okey?"

"Genial. Te veré entonces," digo con una sonrisa. "Claro, si me dejas salir."

"¿Qué? ¡Oh! Sí, jaja." Él se echa a un lado, y yo salgo por la puerta. "¡Te veré esta noche!"

Me despido a medias por encima del hombro. Sé que probablemente esté mal usar a Brad así, sabiendo que no tengo intenciones de ir a casa con él... pero aún así tiemblo de sólo pensar cómo reaccionará Jameson, viéndome presumir con otro chico.

Apuesto a que lo volverá loco, viendo lo que *debería* ser suyo en las manos de Brad.

Sólo hay una forma de averiguarlo. Me dirijo a casa, con mi cabeza llena de planes.

14

EMMA

Miro a Evie, quien se había superado a sí misma, llevando un vestido de dos piezas de encaje negro. Su cabello estaba arreglado elegantemente hacia arriba, sobre los metros de piel color café con leche que revela... ella no se queda corta a la hora de impactar.

"¿Me veo bien?" pregunta, revisando su labial rojo oscuro en un compacto que sacó de su bolso.

Sonrío mientras cruzamos la pasarela en el Cure. "Pareces una modelo, perra. Todos te estarán mirando toda la noche."

"Habla por ti, Señorita *Llevo Puesto Medio Minivestido*. Al chico le va a dar un ataque cuando te vea," dice.

"¿Cuál chico?"

"El que te invitó a esto. No creo que esté listo para que te le aparezcas en un vestido Versace negro que es tan pequeño, que si te inclinas, todos sabremos qué clase de ropa interior prefieres."

Le sonrío. "Sabes que no estoy vestida para Brad."

Evie voltea sus lindos ojos color chocolate. "Lo sé. Sólo digo..."

Llegamos a las lisas ventanas de vidrio oscuro del Cure, y ya podía sentir las vibraciones de la música saliendo de ellas. "Vamos, quiero ver cómo acomodaron el lugar. Asher dijo que iba a decorar el bar esta noche."

Llevo a Evie de la muñeca, abriendo la puerta. De inmediato, la música me cubre como una avalancha. Es música de tipo de alta tensión, un persistente *whub dub dub* por debajo de varias vocales. Mientras camino en el oscuro bar, se ve como si ya estuviera lleno de gente.

"¡Oooh, mira!" Dice Evie, apuntando a la decoración. Asher había puesto espejos en casi cada superficie concebible, y entre eso y las luces, todo se ve brillante y defectivo. Hasta había una mesa multicolor para el DJ el fondo, cerca de los baños y la puerta al patio.

"Vamos por una bebida," le digo, llevando a Evie al final de la barra.

Cruzamos entre grandes grupos de gente que riéndose y tratando de hablar por encima de la música, entrando en un espacio vacío al final de la barra. Parece que Gunnar, Asher, y Jameson están trabajando detrás de la barra.

Me paro de puntillas para ver mejor a Jameson, pero mi línea de visión pronto es bloqueada por Gunnar.

"Por todos los cielos," dice, mirándome a mí y a Evie con ojos como platos. "Ustedes se ven..."

Él silba, o al menos creo que lo hace. Es difícil escuchar algo por encima de la música. Me inclino para que me escuche.

"¡Gracias!" digo, agitando mis cejas. "¿Nos puedes traer algo de beber?"

"Claro. ¿Algo en particular?"

Meneo mi cabeza. "Tú sabes lo que me gusta. Y haz cuatro tragos, porque necesito algo de alcohol en mi cuerpo, y ya."

Gunnar sonríe. "Entendido, Emma."

Se da la vuelta para prepararnos nuestros tragos. Veo a Jameson, luciendo alto y apuesto y definitivamente malhumorado mientras prepara tragos. Él levanta la mirada y me ve, y luego frunce el ceño. Yo volteo mis ojos, dando un giro para mirar el bar. Dejarlo que me vea, sin importar lo que piense.

Encuentro a Brad y varias personas de mi grupo de estudio de pie, extrañados en una esquina. Es mucho más de lo que esperaba para el grupo, honestamente. Cuando Gunnar llega con los tragos, brindo por él.

Le entrego el otro vaso a Evie, quien toma el más pequeño sorbo. "Ugh, esto es horrible. Quizás sólo tome agua."

"¿En serio? Perra, te pedí dos tragos," digo. Inclinando mi

cabeza hacia atrás, me bebo el primer vaso en pocos tragos. Pongo una cara por el abrumador sabor del ponche de frutas. Es seguido de algo más oscuro, probablemente cualquier clase de licor que haya en él. "Asco."

"No seas bebé. Es sólo que no me he curado de estos parásitos," dice Evie. Ella deja su vaso en la barra. "Sólo significa más tragos para ti. Ahora, ¿dónde están tus amigos?"

Señalo en la dirección del grupo. "Por allá."

Evie ni siquiera se detiene. Corrió hacia ellos, dejando que la siguiera. Ella señaló a Brad y a otro chico, presentándose.

"¡Hola!" grita ella, inclinándose. "¡Soy Evie, la compañera de Emma!"

Brad me mira, y juro por dios que se tragó su propia lengua. Él balbucea, incapaz de formar un pensamiento coherente. Yo pongo una sonrisita. Debo lucir bien, entonces.

Sonriendo, camino hacia ellos. "¡Llegaste!"

Brad se ruborizó con furia. Dio un paso hacia mí, inclinándose para hacerse escuchar. "Sí, claro que sí. Este lugar está realmente en onda. ¿Cómo lo encontraste?"

"Quisiera tomar el crédito, pero de hecho es el club de mi hermano. Él es el dueño." Pienso en Jameson, taciturno detrás de la barra. "Bueno, de mi hermano y su mejor amigo."

Eso puso a Brad nervioso. Él mira detrás de mí. "Ehm... ¿eso significa que tu hermano está aquí?"

"Sí. Veamos..." Me doy la vuelta, buscando a Asher. Accidentalmente hago contacto visual con Jameson, y me sobresalto un poco. La expresión de J es tan oscura como una nube de tormenta... y me está mirando a mí también.

"¿Ese es tu hermano?" dice Brad, asintiendo en la dirección de Jameson. Jameson mira a otro lado, enfocado en preparar tragos.

"Uhhh... no," dije, meneando mi cabeza. "Ahí, detrás de la barra, ¿en el medio? Ese es mi hermano."

Asher estaba discutiendo con Gunnar de algo, y ni siquiera está pendiente de que estoy aquí.

"Huh." Brad parece aliviado. "Pensé que tu hermano era uno de esos sujetos que piensan que su hermanita necesita protección o algo."

Miro a Jameson de nuevo, quien furiosamente está sirviendo

whiskey en una coctelera. Está intentando tanto no mirarme que se vuelve más obvio que cuando lo está haciendo realmente.

Ahogo una expresión triunfante. Le importo, mucho más de lo que demuestra. Bueno, dejemos que mire todo lo que quiera. Él puede detener mi coqueteo con Brad cuando quiera con sólo unas palabras.

Volteo hacia Brad. "¿Quieres bailar?"

Las cejas de Brad se levantan, y aclara su garganta. "¿Contigo?"

Entorno los ojos, tomando un sorbo de mi trago. Tiemblo por el sabor, pero sé que me ayudará a soltarme.

"¡Vamos!" le grito. "Al menos pretende que te diviertes, ¿okey?"

Lo tomo del brazo, llevándolo al medio del salón. No soy la primera con la idea de bailar. Ya hay algunas cuantas parejas. Me lanzo en los brazos de Brad, bailando salvajemente al principio. El pobre Brad trata de bailar conmigo, pero la mayor parte me arruina el ritmo.

Bailamos como cinco canciones, y ambos quedamos sudorosos al final de la segunda. Me aseguro de mirar a la barra de vez en cuando, sólo para asegurarme de que Jameson siga dirigiendo su mirada hacia mí.

Finjo que no lo veo, sacudiéndome y poniéndome cómoda en los brazos de Brad.

"¡Vaya, eres muy buena bailando!" me dice Brad en el oído. "Me siento afortunado de me escogieras para bailar."

"Oh... gracias," le digo, sintiendo escalofríos por dentro.

Siento una punzada de culpa por prácticamente usar a Brad para poner celoso a Jameson. Muerdo mi labio, bajando el ritmo. Le dije que le presentaría a Evie, pero miro a todos lados y no tengo idea de a dónde se fue.

Así que ser directa es probablemente mi mejor acercamiento.

"Oye," le digo, inclinándome. "Yo, um... estoy enamorada de alguien más. Lo siento, probablemente sea malo de mi parte sacar el tema ahorita y no haberte dicho antes."

La expresión de Brad se llena de mortificación, mezclada con una mirada como si le hubiera dado una patada a su cachorro favorito en la cara. "¿Tú... qué? ¿En serio?"

Mordiendo mi labio inferior, asiento. "Sí."

"Espera, si no estabas interesada, ¿por qué viniste después de todo?" dice, confundido.

"Para darle celos a alguien más," le admito. "Lo sé, soy terrible. ¡Pero puedo compensarlo! Escoge a cualquier chica aquí, y yo seré tu cómplice."

Varias emociones pasaron por el rostro de Brad, pero parece resignado a su destino. "Sí, claro. Me hubieras dicho. Así pude haber sacado mis mejores pasos."

Arrugo la cara. "¿Como cuáles?"

"Como..." Me toma de la cintura sin darme cuenta, me hace caer de espaldas, y planta el beso más grande en mis labios. Cuando él me levanta, sonríe. "Hay más de donde vinieron esos. Nunca es tarde para cambiar de opinión, ¿sabes?"

Me río. "Qué bueno saberlo..."

Por el rabillo del ojo, veo a Jameson quitándose su delantal por encima de su cabeza y lanzándolo en la barra. Hace contacto visual conmigo por un segundo, y me mira con furia, murmurando a sí mismo.

Él pasa por detrás de la barra y se dirige al patio. Miro a Brad, quien me ve con vagas esperanzas. No puedo dejarlo plantado.

Busco a mi alrededor, y encuentro a una linda rubia de más o menos nuestra edad, de pie y enviando textos. Dejo a Brad para llegar a ella.

"¡Oye!" le grito.

Ella me mira, sorprendida. "¿Sí?"

"¿Mi amigo que está ahí?" le digo, apuntando a Brad. "Él piensa que eres súper linda, pero es muy tímido para decir hola. ¿Podrías venir y charlar con él?"

Ella se sonroja y mira a Brad, tomando un segundo para pensarlo. "Sí, claro..."

"¡Genial! No te arrepentirás." Le sonrío, haciéndole señas para que me siga. Regreso con Brad, quien estaba viendo todo el intercambio con una expresión desconfiada.

"Brad, ella es..." me detengo, dándome cuenta de que no sé su nombre.

"Gisella," ella ofrece en ayuda.

"¡Qué lindo nombre! Gisella, él es Brad. ¡Los dos deberían

hablar un rato!" Pongo una mano en sus espaldas, insistiéndoles que se acerquen. "¡Ya vuelvo!"

Mientras están empezando a presentarse con un apretón de manos, me voy corriendo hacia el patio. Cruzo y doy vueltas evitando a la gente en la pista, abriendo la puerta de un empujón. Cuando la puerta se cierra detrás de mí, la música se convierte en una mezcla de sonidos ahogados.

Miro las mesas en el patio, las cuales la mayoría están vacías. No estaba Jameson a la vista, así que me fui al fondo del patio. Hay una pequeña y desgastada puerta que lleva a la parte trasera del edificio, donde hay un pequeño callejón entre el Cure y el estacionamiento de empleados.

Encuentro a Jameson ahí, recostado contra un muro y mirando un cigarrillo con anhelo. Él es tan alto y enorme que hace pequeño todo lo que esté detrás de él, incluyendo un basurero. Cuando voltea y me ve llegar, se aparta del muro. Lanza el cigarrillo al basurero, con el ceño fruncido.

"No sabía que fumabas," le digo, deteniéndome a unos pasos de él. Aliso mi minivestido, como si éste necesitara llamar más la atención. Jameson me mira por un segundo, luciendo atormentado.

Justo como lo quiero.

"Sí, bueno. Hay muchas cosas que no sabes sobre mí," gruñe, mirando a otro lado. "Ahora vete. Estoy en mi descanso."

Muevo mi cadera a un lado. "¿Quieres enviarme de vuelta a bailar con Brad?"

Si pensara que lo había visto fulminándome con la mirada antes, estaba claramente equivocada. La forma en que me mira ahora, todo lúgubre y lleno de furia... es exactamente como esperaba que me mirara. Él me está viendo con esos intensos y sensuales ojos suyos...

Es todo lo que puedo hacer para no derretirme aquí y ahora.

"¿Qué quieres de mí?" pregunta. La forma en la que lo dice es agresiva, lo que es extraño dadas sus palabras. Se acerca, y empiezo a sentir escalofríos en mis brazos. "¿Qué quieres que haga, Emma?"

Me acerco un paso más, dejándonos casi cara a cara. Él es mucho más alto que yo, tengo que levantar mi cabeza para mirarlo. Muerdo mi labio, levantando y pasando un dedo por su brazo.

"Tú sabes lo que quiero," digo, mirándolo a los ojos. Él me mira con tanto tormento, con un hambre feroz, que creo que voy a explotar. "Te quiero a *ti*."

Aparentemente esas fueron las palabras mágicas, porque Jameson se quiebra, llevándome con sus brazos, con su boca descendiendo en la mía. Él me mueve y me acorrala contra el muro, colocando su rodilla entre mis piernas y levantándome un poco. Abro mi boca, y él toma control total del beso, fuerte y dominante de la forma que ansié.

El muro se siente áspero contra mi espalda, pero no le doy importancia. Estoy tan atrapada en la sensación de Jameson presionándome, la sensación de su lengua jugando con la mía, su enorme mano subiendo por mi pierna.

Él suelta mi boca, sólo para morder mi cuello, y yo gruño con fuerza. Cuando se da cuenta de que no llevo panties, él suelta un suave gemido.

"Maldición, Emma," susurra. Sus dedos trazan un camino dentro de mi cadera para encontrar mi vagina ya húmeda por él. Busca mi clítoris por un segundo, chupando mi cuello en un punto sensible.

Luego encuentra mi clítoris, y de hecho veo estrellas por un segundo. Luego pasa un dedo dentro de mí, y suelto un sonido ahogado. Él gruñe un poco.

"Por *dios*, que estás apretada," murmura en mi oído.

Quiero decirle que es porque sigo siendo virgen. Pero no lo hago. Ya sea que él lo sepa o no, realmente no es el momento para discutirlo. Eso me hace darme cuenta de que a menos que quiera que mi primera vez sea aquí, con mi espalda en el rígido muro de estuco, debo decir algo.

¿Quiero decir algo?

Él mueve su dedo dentro de mí, acariciando mi clítoris al mismo tiempo, y yo sólo busco aliento. Si voy a decir algo, ahora es el momento.

Lo beso, empujándolo lentamente al mismo tiempo. Él gruñe y me presiona de vuelta al muro, y tuve que hablar primero.

"Detente," suplico callada.

Él se queda quieto al instante, y luego retrocede, luciendo traicionado. "Pensé que—"

"Shh, no. Lo sé. Es sólo que... lo quiero hacer en una cama," digo, poniéndome roja. "Si no hubiera gente cerca, quizás aquí sería genial..."

Su rostro muestra señal de entendimiento, y parece algo apenado consigo mismo.

"Oh. Digo, claro."

Me acerco y lo agarro por su nuca, besándolo largo y lento, hasta que los dos quedamos sin aliento. "Te quiero a ti. De verdad lo hago."

Jameson me besa de nuevo, luego retrocede. "Tengo que trabajar el resto de mi turno. No puedo irme así."

Lo miro, obligándome a tener el valor de pedirle que venga a mi casa. "Ven a mi casa esta noche, después de que termines aquí. Prometo que no lo lamentarás."

Él está tan inseguro, que casi me rompe el corazón. "Muy bien."

"¿En serio vendrás?"

Él toma pausa por un momento más largo, y luego asiente. "Sí."

Le sonrío, sintiendo como arde mi rostro. "Okey. Estaré lista para ti."

Él mira por encima del hombro, hacia el bar. "Ya, ya. Vete, antes de que cambie de opinión."

Honestamente no sé si se refiere a venir a mi casa o a tener sexo en este callejón. Él se da la vuelta de regreso al bar, y me quedo sola caminando por el callejón.

15

EMMA

Miro el reloj de la mesa de noche por quizás la milésima vez. Ya son las 12:31 am, y estoy acostada en mi cama, aún esperando por Jameson. He hecho todo lo que puedo para hacer la habitación más sensual... encendí velas, me afeité las piernas de nuevo, y hasta dejé una lista de música sensual repitiendo. Todo lo que faltaba era Jameson.

Bajando el fondo de mi vestido de seda negra, me pregunto cuándo debo empezar a considerar que no vendrá. Quiero decir, él dijo que vendría, ¿y si eso no pasa? ¿Y si él tenía que lidiar con algo en el bar que lo tendría ocupado toda la noche?

O peor, ¿y si él cambia de parecer sobre desearme? ¿Y si él hizo sus cálculos, y la estúpida regla de mi hermano de repente pesa más que lo que siente Jameson por mí?

Quizás fui estúpida por detenerlo ahí en el callejón. Se sintió importante entonces, pero quizás realmente fue—

Tonk. El sonido de la Puerta del frente cerrando me hace saltar. Me siento en mi cama. ¿Acaso es Jameson después de todo?

Cuando escucho sus pesados pasos en la sala, lentos y firmes, empiezo a sentir escalofríos sobre mi piel. Es él. Él está aquí... y viene por mí.

Trato de controlar mis latidos acelerados, tomando aire lentamente. La puerta de mi habitación se abre lentamente para revelar a Jameson. Él cubre todo el marco de la Puerta, con su chaqueta de cuero y jeans oscuros. Su energía es amenazante, casi enojada... y me enciende tanto como que me pone nerviosa.

Siento sus ojos cafés oscuros sobre mí, observando cada centímetro de mí casi como un contacto físico. Él no dice nada por un minute, sólo se queda parado ahí, mirándome. Quiero cubrirme, esconderme de su mirada, pero no lo hago.

"Viniste," digo, poniéndome de rodillas.

"No debí." Él sujeta el marco de la Puerta mientras que sólo me mira. Su expresión es la de un hombre hambriento, desesperado por algo... y me congelo de pensar en que ese algo soy yo.

"Pero lo hiciste." Él va a necesitar algo más de presión al parecer. Muerdo mi labio inferior y uso los dos dedos para mover una de las tiras del vestido por encima del hombro, manteniendo contacto visual con él todo el tiempo. "Ven aquí, Jameson. Tócame. *Por favor.*"

Mi corazón está a punto de salir volando de mi pecho. Él da un paso al frente, cerrando la puerta con su pie.

Sí. Estoy a punto de conseguir lo que quiero, finalmente.

Jameson se quita su chaqueta de cuero, lanzándola a un lado. Yo me muevo al borde de mi cama, más ansiosa por él de lo que quisiera admitir. Él se acerca hasta que estamos a sólo un respiro, bajando la mirada hacia mí, con sus oscuros ojos buscando mi rostro. Él acerca su rostro al mío, evitando mi boca, y susurra en mi oído.

"¿En serio quieres esto?" pregunta con suavidad. Mi aliento me deja en un *whoosh*. Su barba roza mi mejilla.

Asiento, tragando saliva. "Te quiero a *ti*."

Él acaricia mi cabello oscuro con sus dedos. Luego desliza su enorme mano alrededor de mi cuello con lentitud, y le da un ligero apretón.

"Sabes que no seré gentil contigo, ¿verdad? Lo he pensado mucho, he fantaseado tanto contigo como para contenerme ahora." Él voltea su cabeza ligeramente, y posa un simple beso en mi cuello.

Tiemblo convulsivamente, siendo sólo capaz de asentir. Lo había esperado por tantos años, que no había nada que pudiera decir que me hiciera cambiar de parecer.

Él retrocede para verme, y puedo notar el fuego ardiendo en

sus ojos. Un fuego que siento también, un fuego que podría consumirnos a los dos. Su mirada baja hacia mis labios, y yo me inclino hacia adelante, abriendo mi boca. Él se mueve para besarme, con sus firmes y dominantes labios.

Este no es ningún pico en los labios. Su lengua invade mi boca, barriendo y explorando. Mi lengua baila con la suya mientras suspiro y me hundo en ella.

Enrollando mi mano en su nuca, bajo mi mano atrevida para agarrar su cadera. Él me deja por un segundo, luego corta el beso y me empuja hacia la cama.

"Quédate ahí," me ordena.

Él empieza a desvestirse, quitándose sus zapatos, y levantando su franela por encima de su cabeza. Su torso se mueve mientras lo hace, y admiro la fina capa de vello oscuro en el pecho. Él también tiene un camino velludo que lleva hasta su ombligo y desaparece en su cintura. Sus brazos se flexionan mientras desabrocha sus jeans, pero se detiene ahí.

Hago una seductora mirada hacia sus pantalones desabrochados mientras él se acerca, sólo por un segundo.

Él se mueve en la cama, arrodillándose al borde. Me tomó en cuenta por un momento, como si intentara decidir qué hacer conmigo. "Ven aquí."

Tiemblo mientras me acerco, sintiendo como si estuviera bajo un microscopio. Él entrecierra sus ojos y pasa un sólo dedo por mi clavícula, bajando hasta la última tira de mi vestido. La desliza por mi hombro, y luego la sigue bajando hasta que mis rosados pezones quedan expuestos al aire.

"He soñado con esto cientos de veces," dice ausente, con sus ojos fijos en mis pezones. "Pero no se compara en nada con la forma en que saben."

Él se inclina, tomando un seno y llevando el pezón a su boca. Yo gruño de inmediato ante la sensación de su cálida y húmeda boca en mi piel. Él da vueltas con su lengua, y luego muerde con mucho cuidado, casi como si me probara.

"¡Ahh!" jadeo. "Puedes hacerlo más duro."

Él sonríe, mirándome. "Entendido y anotado."

Luego me pone a un lado, acostándome. Lo miro algo incrédula, pero al siguiente instante me levanta sobre su cuerpo, hasta quedar encima de él. Él me acomoda para quedar plantado primero entre mis senos, y mi trasero desnudo en el aire. Estoy algo impactada por lo poco que le cuesta levantarme, pero claramente él tiene otras cosas en mente.

Él lame la piel entre mis senos con su lengua, luego lleva un pezón a su boca. Yo suelto un gemido cuando él lo muerde y chupa, alternando dolor y placer para mí. Sus manos bajan a mis caderas, arrastrando mi vestido. Pasa sus manos sobre mi trasero, gruñendo cuando encuentra que bajo mi ropa no había nada.

Él suelta mi seno con un húmedo *pop*, mirándome. "*Maldición*. No llevas panties. ¿Sabes lo mucho que me excita eso?"

Yo me sonrojo, sacudiendo lentamente mi cabeza. "Uh uh."

Él baja mi cadera hasta que mi vagina queda presionada contra su pene a través de sus jeans desabrochados. Ambos gruñimos mientras él se levanta contra mí. Él pasa su mano a través de mi cabello, agarrándolo, y usa la que tiene en mi cadera para llevarme justo a donde me quiere.

Jadeo en silencio mientras él levanta sus caderas y se presiona sobre mí, con su cubierto pene casi tocando mi clítoris. Él empieza a besar y lamer mi cuello, usando mi cabello como una herramienta para mover mi cabeza a donde quiera. Él chupa el punto en que mi cuello conecta con mi hombro, levantando sus caderas, y mis ojos se voltean en mi cabeza.

"¡Dios!" grito. "Jameson—"

Él no está satisfecho con eso. Me suelta, empujándome fuera de su regazo. Me quedo respirando con dificultad. Él se levanta y empieza a quitarse sus jeans.

"*Fuera* ropa," ordena él. Yo obedezco al instante, deseosa de más de lo que sé que me va a dar. Levantando mis brazos sobre mi cabeza, paso mi vestido por encima.

Cuando me quito el vestido, me sorprendo por un momento por la imagen de Jameson, totalmente desnudo. Él es puro músculo, con su pene levantado orgullosamente... y justo ahora, él me estaba mirando como si fuera a consumirme.

Él inclina su cabeza por un segundo, sosteniendo algo arriba. Un condón. Él arruga la envoltura, rompiéndola, y lo envuelve como un profesional. Yo tengo un DIU, por lo que no necesito un condón, pero aprecio mucho el detalle.

Él se monta en la cama, arrastrándome hasta quedar debajo de él, y empieza a besar mi cuello de nuevo. Yo envuelvo mis brazos y piernas alrededor de él, atrayéndolo. Puedo sentir su dureza contra mis piernas, larga, caliente, y palpitante. Él chupa mi cuello, mis senos, y luego va más abajo.

No sé si pueda manejar su boca en mi clítoris, pero él besa apasionadamente mis muslos y rodillas. Su cuello me hace cosquillas de una buena forma. Abro más mis piernas para él, separando mis muslos. Él hace un gruñido en cuanto besa mi clítoris, y todo mi cuerpo se activa de repente con una sensación eléctrica.

"¡Oh, Dios!" grito, con mis manos hundidas en su cabello.

Yo ya estaba levantando mis caderas contra su boca, desesperada por más. Él cierra su boca alrededor de mi clítoris y lo succiona con largos tirones, cada uno enviando descargas de sensaciones en mis vértebras. Mis pies se curvan mientras él lleva su mano hacia mi vagina e inserta un dedo grueso. Él presiona su dedo lentamente dentro mientras le da vueltas a mi clítoris con su lengua.

Yo acabo de repente, apretando y gritando. Su lengua baja la velocidad, ayudándome a manejar mi orgasmo. Pronto, él sube a mi cuerpo, besándome con fuerza. Siento el vago sabor de mis propios jugos en su lengua y tiemblo.

Él retrocede un poco, tomando su pene y colocándolo en posición. La fuerte punta de su pene presiona contra mi vagina, y yo me quedo quieta por un segundo. Estoy ocupada mirando su pene, tratando de entender cómo demonios eso va a caber dentro de mí. Él penetra sólo unos centímetros. Yo grito del placer y dolor al mismo tiempo.

Jameson me mira, mordiendo su labio. "Estás tan apretada, Em."

Honestamente no estoy segura si es algo bueno o no, al juzgar sólo por su cara. Él parece como si tratara de desactivar una bomba o algo así. Yo enrollo mis piernas en sus caderas, atrayéndolo un poco, apresurándolo a que siga.

Él cierra sus ojos y entra más, centímetro a centímetro. Yo siento cómo él me estira, poco a poco, llenándome y tocando cada parte de mí. Es incómodo, aunque esté mojada, Quizás es por su tamaño, o tal vez es por el hecho de que nunca había sido penetrada antes.

Cuando finalmente está totalmente dentro, él abre sus ojos, mirándome con su más intensa mirada marrón oscuro. Había sido tomada por primera vez.

Lo miro justo a los ojos, dándome cuenta en ese momento que estoy enamorada de él. No me importa que su pene sea tan grande que duela un poco; estoy muy ocupada actuando estúpida y locamente enamorada de Jameson.

Me acerco para llevar su boca a la mía, besándolo con cariño. Él me besa de vuelta, empezando a mover su cuerpo, retirando su pene y luego volviendo a entrar.

"Ahhh, se siente tan bien," murmura, levantándose para poder ver nuestros cuerpos juntos. "Maldición, Emma. Eres jodidamente hermosa."

Él agarra mis muñecas y las levanta encima de mi cabeza, moviendo su pene adentro y afuera. Yo hundo mis tobillos en su espalda mientras él empieza a besar y morder mi cuello de nuevo. Empiezo a olvidar la incomodidad, enfocada más en el placer de sus labios en mi piel, y del maravilloso peso de su cuerpo sobre el mío.

Suelto un gemido mientras él suelta mis manos para poder palpar mis senos. Se siente natural enrollar mis brazos alrededor de él, de rasgar con suavidad mis uñas en su espalda.

Jameson de repente se separa de mí, dándome la vuelta. Él me coloca sobre mis manos y rodillas, posicionando su pene en mi entrada antes de volver a penetrar.

"Ohhh!" grito, sintiendo cómo se aprietan mis músculos internos.

"Tu vagina se siente tan bien," dice él entre dientes. Toma mi mano y la lleva hacia mi clítoris, frotándola con círculos gentiles. "Quiero verte acabar de nuevo. Muéstrame lo buena chica que eres. Acaba por mí."

Sus palabras enviaron una corriente de placer a mi espalda. Él suelta mi mano y agarra mis caderas, lanzando su pene dentro de mí una y otra vez, tan fuerte como puede. Yo suelto un gemido, mientras empiezo a tocarme.

La forma en que me folla ahora es más ruda, más tosca que

antes... pero por alguna razón me gusta más. Mucho más. Cierro mis ojos, acariciando mi clítoris, y sintiendo la forma brutal en la que me maneja, golpeándome una y otra vez.

Un resorte invisible se tensa dentro de mí con cada penetración, alimentando mis ganas. Mis dedos me ayudan, pero es realmente el pene de J el que lanza las descargas de placer que estallan por todo mi cuerpo.

Él está tocando un punto dentro de mí, un punto que parece ser capaz de doblar mi cuerpo sólo para animarlo a volverlo a hacer una y otra vez.

"Sí," gruño desesperadamente. "Sí, justo ahí... Yo..."

Y entonces lo llamo, gritando su nombre, mientras llego al clímax, cayendo en un profundo océano de placer. Él se tensa y gruñe, llenándome con tres simples y brutales golpes. Puedo sentirlo pulsando dentro de mi vagina.

Él se detiene al final, casi colapsando en la cama conmigo. Él me da la vuelta, besándome con cariño. Me quedo colgada a él, sintiéndome...

¿Amada? ¿Recién follada? ¿Abrumada?

Lo que sea, me siento finalmente deflorada. Me acuesto en su pecho, escuchando como sus rápidos latidos empiezan a ralentizar. Trato de averiguar cómo pedirle que se quede, pero él sólo está ahí, acariciando mi brazo, y al parecer sin ningún apuro en irse.

Mis párpados empiezan a cerrarse, y mi aliento se acorta. No estoy dormida, pero tampoco estoy lejos de hacerlo. Cuando él habla, me sobresalto.

"¿Lista para darle otra vez?" pregunta, con una voz más parecida a un temblor en su pecho.

Abro mis ojos y lo miro de reojo. "¿Otra vez?"

Él se ríe, acariciando mi cabello en mi nuca. Él deja un largo y perezoso beso en mi piel desnuda. "Te dije que no te la iba a poner fácil, ¿o no?"

Muerdo mi labio, pero ambos sabemos claramente mi respuesta.

Es sí. Siempre será sí, para él.

16

JAMESON

Follé a Emma tres veces más en las primeras horas de la mañana, antes de poder dormir un poco al fin. No tenía intención de quedarme dormido en su cama, pero un par de horas de sueño no me caerían mal. Después de haber follado como un par de adolescentes cachondos, era algo inevitable.

Cuando desperté, abro mis ojos para encontrar a Emma acurrucada encima de mí. Miro su rostro durmiente, y tomo aire. Emma es jodidamente atractiva, como si eso no lo supiera ya.

Su cabello oscuro está peinado alejado de su rostro, su nariz algo levantada, con un rocío de delicadas pecas. Sus ojos están cerrados, con largas pestañas descansando ligeramente en sus mejillas. Incluso dormida, sus carnosos labios son seductores, atrayéndome hacia su rostro. Sus cejas están fruncidas, como si estuviera preocupada por algo.

Mirando su cuerpo desnudo, no puedo evitar mi respuesta. La gentil ladera de sus costillas, la subida en sus caderas. Sus jodidamente hermosos pechos. Y santo cielo, esas piernas... sólo verlas me hace recordar cuando estaban enrolladas en mi cuerpo mientras metía mi pene en esa maravillosa vagina suya. Me pongo duro, totalmente.

Hago lo posible por no despertarla mientras deslizo mi brazo de donde tiene apoyada su cabeza, pero ella se mueve. Abriendo sus ojos un poco, ella se enfoca con dificultad en mí mientras me visto.

"¿A dónde vas?" me pregunta suavemente, casi totalmente dormida.

Sí, esto es usualmente el por qué evito dormir en casa de una chica. No me gusta responder todas las preguntas que vienen después del sexo. En mi experiencia, esta es sólo la primera de muchas preguntas que vienen. Sólo suspiro.

"Sí," digo, poniéndome los pantalones. "Debo regresar a mi casa."

"Mmm," dice ella, bostezando. "*Casi* amanece."

Echo un vistazo. "Sí. Creo que sí."

Emma se levanta un poco más, llevando una sábana sobre ella. "Bueno... um... gracias, creo. Dudo que alguien haya perdido su virginidad con tanta... *pasión*."

Me petrifico con la franela medio puesta sobre mi cabeza. Definitivamente pienso que la escuché decir virginidad, pero claramente debo estar escuchando cosas. Termino de ponerme la franela encima, frunciendo la cara hacia ella con intensidad.

"¿Perdón?"

Ella se sonroja. "Quiero decir... gracias por hacer de mi primera vez... especial. Tú sabes, no en un callejón, o lo que sea."

No me sorprendo con facilidad, pero mi boca quedó colgando por un segundo. Me parece difícil hablar. "Yo... yo no..."

Ella levanta sus cejas. "Tú no... ¿estás diciendo que no sabías?"

Por dios. Ahora el hecho de haber intentado tomarla en el callejón detrás del Cure parece doblemente vulgar. Siento escalofríos de sólo pensar en lo rudo que fui con ella, en cada momento.

Maldita sea, ¿acaso me está agradeciendo como una clase de broma hacia mí? Honestamente no lo sé.

"Pudiste haberme dicho," suelto, tomando mi chaqueta de cuero del suelo. "Advertirme, o lo que sea."

"No pensé que... digo, pensé—" tartamudea.

Mierda, Asher me va a matar. Si no lo iba a hacer antes, definitivamente lo hará ahora. ¿Y qué se supone que debo hacer con Emma ahora que tomé su castidad?

Sé que esperaba hacer más que sólo dejarla aquí, pero es

demasiada presión. No puedo pensar así. Tengo que salir de aquí, ahora.

"Como sea." Abro la puerta, apresurándome a salir. Sí, soy esa clase de cobarde. Me voy sin decir más.

"Espera, Jameson..." ella me llama.

Pero ya estoy fuera. Doy la vuelta en la esquina, abro la puerta de enfrente, y la cierro de golpe detrás de mí. Estoy molesto, pero no con Emma. Estoy furioso conmigo mismo, la mayor parte. Y algo con Asher, de cierta forma.

Saldo de la casa de Emma con las primeras luces del día, y me dirijo hasta mi Jeep. Entro, pero no enciendo el carro. Sólo me siento por un minuto, mirando la pequeña cabaña. El sol se asoma entre los árboles, calentando la antigua pintura azul de los aleros y lanzando largas sombras sobre los pastos arenosos.

Por mi vida, no puedo olvidar la mirada en su rostro cuando me dijo que yo era su *primera vez*. ¿Qué demonios se supone que debo decir a eso?

¿Es realmente posible creer que tomé la virginidad de Emma? Trato de reflexionar, de recordar algún novio serio que ella ha tenido... pero no encuentro nada. En todo lo que recuerdo, ella no había tenido una relación real... jamás.

Mierda. Qué maravilloso. No sólo rompí la regla de Asher sobre no tener sexo con Emma... sino que soy el único con quien ella había estado realmente.

Golpeo mi mano contra el volante unas veces, molesto conmigo mismo. Sé que ya no soy un mugroso adolescente, pero aún así me siento como un sucio niño de algún barrio cada vez que pienso algo sobre Emma.

Estoy a punto de encender el vehículo y apartarme, pero en el último segundo, veo a Emma salir de su casa. Está vestida con una bata de baño rosada peluda y algo reveladora para quienes tengan la buena fortuna de estar viendo. Ella me ve en mi carro, y se dirige en línea recta hacia mí.

Nunca había visto la expresión que llevaba en ese momento, pero si tenía que adivinar, diría que estoy en problemas. Recostándome en el asiento, la observo aproximarse. Ella no pide permiso antes de abrir la puerta del pasajero, probablemente mostrándose a medio vecindario mientras se monta en mi Jeep.

Por un segundo sólo estuvimos sentados ahí, callados. Trato de analizar su rostro, pero no se me ocurre nada.

"Así que..." dice ella, mirando su bata. Ella acomoda el fondo un poco. "Probablemente pudiste haber manejado eso mejor, Jameson."

Yo miro el gentil amanecer. "Y tú pudiste haberme dicho antes de tener sexo."

Ella me analiza. Puedo sentir sus ojos en mi rostro, pero no puedo mirarla aún. Siento pena por mí, por cómo tomé su virginidad. Estoy especialmente avergonzado por lo rudo que fui con ella.

"No pensé que fuera gran cosa. Y honestamente, pensé que tú lo sabías. Como, ¿a quién más se la pude haber entregado?"

Ella parecía algo perpleja. Yo suelto mi aliento, pasando una mano por mi cabello. La miro de frente. "No lo sé. Yo sólo... pude haber hecho las cosas muy, muy diferentes de haber sabido."

Emma frunce los labios. "Siento que si lo hubiéramos hablado en el bar, nunca hubieras venido."

Gruño con fuerza. "Sí, quizás tengas razón. ¿Te das cuenta de cuántas formas me va a matar Asher si se da cuenta de que tomé la fruta prohibida de su hermanita?"

Ella hace una mueca. "Te juro que si escucho una vez más que soy la dulce e inocente hermanita de Asher, voy a gritar. Ustedes me infantilizan demasiado."

Levanto una ceja. "¿Otra vez con eso?"

"¡Ustedes me tratan como a una niña!" protesta. Puedo escuchar la frustración en su voz. "Ya tengo veinticuatro años. Y estoy en la escuela de leyes. Podré no tener tanta experiencia de la vida como ustedes, pero soy una adulta. Soy capaz de tomar mis propias decisiones, sin que mis padres o mi hermano hablen por mí."

Puedo notar lo molesta que se está. Acerco mi mano a ella automáticamente, como si la hubiera consolado por años. Mi brazo se desliza alrededor de ella, y la atraigo hacia mí. Se suponía que sería un abrazo de un sólo brazo, pero ella lo malinterpreta, Ella se lanza hacia mí, posando sus labios sobre los míos.

Y me avergüenza decirlo, pero la beso de vuelta. Incluso cuando me estaba castigando hace unos minutos, aún siento una clase especial de debilidad cuando se trata de Emma. Es la misma debilidad que me trajo a su casa esta noche.

Cuando el beso termina, miro a Emma. Ella tiene los pequeños mechones de cabello que no se dejan arreglar. Tomo un momento para alisar uno. Ella toma mi mano, muy insistente. Me mira, con unos ojos verdes que analizan mi rostro con intención.

"¿Así de raras van a ser las cosas entre nosotros?" pregunta. "Quiero decir, aún quiero aprender a surfear. Y tú todavía tienes mucho qué estudiar. ¿Podemos... seguir haciendo eso?"

Inhalo profundamente. No puedo decir que no a eso. No con ella en mis brazos, preguntándome como si su día dependiera de la respuesta.

Asiento lentamente. "Podemos hacerlo."

"Okey." Ella se separa de mi abrazo. "Así que... ¿creo que te veré después?"

"Si." Miro de reojo a la distancia, algo incómodo.

Ella se baja del Jeep, cerrando la puerta. Se detiene, y pasa su cabeza por la parte abierta.

"Gracias de nuevo. Por... tú sabes, tomar mi *flor* sin querer. Fue muy, muy divertido."

No sé cómo responder, así que sólo inclino mi cabeza. Ella se da la vuelta y regresa a su casa. No puedo evitar ver la forma en que sus nalgas salen de su bata de baño mientras sube las escaleras del pórtico.

Maldición. Literalmente tuve sexo cuatro veces en las últimas siete horas, pero aún la sigo mirando como un adolescente enamorado. Meneo mi cabeza mientras enciendo mi Jeep, y pongo la velocidad.

17

EMMA

Estoy en mi último examen final, escribiendo la última respuesta. Sonrío tontamente a la hoja terminada frente a mí. Ya lo hice, terminé con la clase. De hecho, terminé con todas mis clases, por el momento.

Estoy tan feliz que casi podría saltar a la puerta del salón, dejando mi examen final en la cesta en el escritorio. El Dr. Smith me mira detrás de su New York Times.

"¿Terminaste?" pregunta.

"Todo listo." De la pila de papeles debajo de mí podía ver que no era la primera. Pero dado que había veinte personas más aún presentando, tampoco soy la última.

"Puedes irte," dice, regresando su atención a la sección de artes en el periódico.

Salgo del salón con una sonrisa en mi rostro. Gritar, "¡Ya terminé!" a mí misma mientras bajo las escaleras se siente tonto pero también satisfactorio. Merezco algo muy, muy bueno por terminar mi primer año de la escuela de leyes... y sé exactamente qué quiero.

Mientras entro en mi Mercedes, saco el teléfono y le envío un mensaje a Jameson. Han pasado días desde que pasamos la noche juntos. Quería darle bastante espacio, no atosigarlo. Pero siento que quiero celebrar, eso es seguro.

Oye. Estoy de ánimos para festejar. Y por festejar, ¡hablo de surfear! ¿Te interesa?

No recibo nada al instante, así que me dirijo a casa un minuto. Cuando salgo de mi casa, hay dos mensajes esperándome. El primero es una foto del océano, tomado justo cuando una ola se enrolla. El segundo dice: *Estoy en Breakneck Cove. Puedes unirte si quieres.*

Es una forma rara de escribirlo, pero está bien. Aún estoy emocionada por verlo.

Me pongo un bikini de tiras pequeño, una ombliguera, y un par de shorts. Lanzo mi traje de neopreno en el carro, meto mi nueva tabla de surf también, y me apresuro a manejar hasta la playa.

Breakneck Cove está cerca, pero también está repleta. El estacionamiento está lleno de carros, y la gente comenzó a aparcar a un lado del camino. Por suerte, veo un espacio justo antes de entrar al lote. Veo el carro de J mientras entro, y no puedo evitar sonreír mientras tomo mi tabla de surf.

Paso el estacionamiento, tomando el habitual camino hacia la playa arenosa. Me sorprendo por el número de personas en la orilla de playa. Hay niños riendo y jugando cerca del agua, con sus padres cubriéndose sus ojos y mirando desde posiciones más altas de la playa.

Cruzo la arena con desdén. Me toma un minuto encontrar a Jameson... y cuando lo hago, no está sólo. De hecho, está con tres chicas atractivas, tratando de atrapar un frisbee que una de ellas lanzó. Yo me detengo, mordiendo mi labio inferior.

Al menos Jameson lleva una franela puesta... porque lo he visto sin una, y sé el efecto que tiene en las mujeres. Él es tan alto y apuesto, con sus shorts y lentes de sol. Veo que una de las chicas lo observa, y no de forma sutil.

Miro a las chicas, todas tipo conejitas playeras, hermosas con bikinis de tiras y shorts. Básicamente el tipo de chicas que he intentado imitar. Jameson lanza el frisbee, flexionando todo su cuerpo por un segundo. Él se ve tan apuesto al lado de la mujer atractiva y de edad adecuada que lo acompaña.

De repente me siento tan celosa que casi no puedo soportarme. Jameson mira alrededor y me ve. Levanta su mano en saludo.

Perfecto. Ahora no tengo otra opción. Tengo que ir hacia allá.

Me arrastro hasta allá, odiándome por sentir tantos celos. Después de todo, no es como si Jameson me perteneciera. Él puede hacer lo que quiera... sólo quisiera no verlo. O saber al respecto.

O incluso pensar que quizás pase, honestamente. Sólo mantengo el ceño fruncido.

"Hola," Jameson me saluda mientras yo bajo mi tabla de surf. Él nota mi expresión, y luce algo preocupado. "¿Qué sucede?"

"Nada," digo, cubriendo mis ojos mientras miro el océano. "¿Quiénes son tus amigas?"

"¿Quiénes, ellas?" dice él, haciendo señas a las chicas. Se rasca la nariz. "Sólo unas chicas que vienen con el grupo con el que suelo surfear."

"Ohhh," digo, aliviada. "Digo, qué bien."

Él arquea una ceja. "¿En serio?"

Me sonrojo. Decido bromear para salir de la incomodidad. "Sólo vine para aprender a surfear. ¿Me vas a enseñar o qué?"

Jameson no parece particularmente convencido, pero lo deja a un lado.

"Déjame buscar mi tabla y mi traje. Iremos más abajo de la playa, lejos de la multitud."

Él toma su tabla de surf verde menta, casualmente llevándola bajo su brazo. Su traje de neopreno está sobre su hombro. Yo levanto mi tabla y mi traje, y nos dirigimos playa abajo. Tras un minuto, el silencio se siente muy sofocante, así que trato de iniciar una conversación.

"Hoy terminé mi último examen," le digo, apresurándome para seguirle el paso. No sólo es un pie más alto que yo, sino que ha tenido más práctica caminando en la arena.

He vivido toda mi vida en la playa, pero sigo teniendo problemas caminando sobre la arena. Él se da cuenta de que me cuesta y baja el paso, por lo cual estoy agradecida.

"¿Ah, sí?" pregunta.

"Sí. Eso significa que oficialmente estoy en vacaciones de verano. Puedo ayudarte a estudiar más. Digo, tú sabes, si quieres."

Él me mira por el rabillo de sus ojos. "Sí, quizás."

Frustrada por su brevedad, sigo adelante. "Estaba pensando si podía tal vez hacer esos esquemas que mencioné el otro día."

Él gruñe, mirando distraído al océano. La multitud empieza a reducirse aquí, así que se detiene y entierra la cola de su tabla en la arena.

"Aquí deberíamos estar bien." Él se rasca la nariz, pero sus ojos están escondidos tras sus lentes de sol. "Voy a adelantarme para ponerme mi traje."

"Genial." Bajo mi tabla y rápidamente me quito mi franela y mis shorts, poniéndome el traje de neopreno. Subo el cierre, y luego miro a Jameson para más instrucciones. "¿Ahora qué?"

Él cruza sus brazos, probándome.

"¿Recuerdas los pasos de la última vez? ¿O debemos empezar desde cero?"

Me muerdo el labio. "Mmm... ¿quizás sería mejor practicarlos una vez más?"

Él asiente. "Muy bien. Deja tu tabla en el suelo."

Dejo mi tabla abajo, y me pongo a un borde. "Muy bien."

"Ponte de rodillas," ordena.

Hay un momento raro entre nosotros, y me sonrojo. Me arrodillo al final de mi tabla.

"Toma los lados y ponte sobre tu estómago."

Lo hago algo incómoda. "Luego haz como una pose de cobra, ¿okey?"

Levanto mi cabeza, flexionando mis codos. Cuando lo miro para buscar su afirmación, me doy cuenta de que está viendo mi trasero, aunque está cubierto en neopreno.

Yo levanto una ceja. "¿Me estás enseñando a surfear, o soñando con tocar mi trasero?"

Él se sacude, entrecerrando su oscura mirada hacia mí. "Cuida tus palabras. Ahora mueve tu pierna..."

Él intenta hacerme caminar explicando de pie, pero no puedo entenderlo esta vez sin que me dé un ejemplo al lado mío. Él frunce el ceño y se acerca a mí, tocando mi pierna.

"Tienes que mover esta pierna primero." Él posiciona mi pie. "Y luego este pie adelante..."

Tiemblo un poco por su contacto. Él me guía lentamente hasta una posición de pie. Cuando finalmente estoy de pie, él está demasiado cerca de mi rostro, lo bastante para que casi pudiera voltear la cabeza y besarlo. Él me sostiene por unos segundos, con sus manos en mi cintura.

Yo volteo lentamente mi cabeza para verlo, y él mira hacia mis labios. Lo veo tragar saliva. Le doy un gentil beso, pero él se aparta.

"Emma—" él inicia, meneando su cabeza.

"¿Qué? Ahora que lo hicimos, ¿ya no estás interesado?" Lo acuso, aunque mantengo mi tono suave.

Su mirada se torna oscura. "Claro que no. Tú sabes que no es así."

"¿No?" pregunto, arqueando una ceja. Claro que sé que este no es su problema, pero es divertido atormentarlo un poco.

Jameson retrocede, enrollando sus brazos en su pecho desnudo. "No. Me siento como... maldición. Me siento con suerte de que tú... de que yo..."

Sonrío con malicia. "¿Reventaras mi cereza? Escuché que es como lo llaman los niños hoy en día, abuelo."

Él me pone una cara larga. "Sabes que no es por eso. Pero hay como un millón de razones por las cuales no debemos volver a tener sexo."

"¿En serio?" le digo, dando un paso al frente. Levanto mi mano y la paso sobre su pecho, mirándolo. Puedo sentir sus latidos. "Cuando te toco, no puedo pensar en ninguna."

Él toma mi mano contra su pecho, sosteniéndola con firmeza. Tiene una mirada en sus ojos, como admitiendo la culpa. "*Es* fácil de olvidar cuando estamos así de cerca."

Me levanto de puntillas, pasando mis labios sobre los suyos. Él hace un sonido bajo en su garganta, con su mano subiendo para acomodarse detrás de mi cabeza mientras su boca desciende a la mía. Yo abro mis labios, permitiéndole un mayor acceso. Él controla el beso, con su lengua jugando con la mía. Toma mi cabello y tira de él hacia un lado, chupando un punto de mi cuello.

Cuando me quejo, tratando de enrollar mis manos en su traje, él hace un sonido de angustia y me empuja hacia atrás.

"No. Esto es una mala idea," dice, algo jadeante. Me mira con ojos de súplica. "¿No te bastó con uno?"

Le respondo tan honestamente como sé. "No para mí, no. ¿Una noche fue todo lo que necesitabas?"

La expresión de Jameson es sólo... enojada y perdida, al mismo tiempo.

"Tendrá que serlo," dice él. Toma su tabla de surf y empieza a dirigirse hacia el estacionamiento.

"¡Espera!" le grito.

El baja el paso, luego se da la vuelta. "¿Qué?"

"Yo... lo siento," le digo. La disculpa suena lamentable, probablemente porque no lo lamento del todo.

Él me mira por un segundo con sus ojos marrón oscuro. "Yo sólo... necesito tiempo, Emma. Necesito organizar mi cabeza, y no puedo hacerlo contigo cerca."

Luego se da la vuelta y se aleja de nuevo, dejándome de pie en la playa, viendo cómo se va.

18

JAMESON

*E*stoy en mi cama, tratando de ignorar el sol matutino mientras me golpea en la cara. Tengo una jodida resaca de los últimos tres días de bebida, y nada nuevo en mi vida.

Tengo trabajo en el Cure. Tengo mi surf. Pero por primera vez, no parece suficiente.

Desafortunadamente, tengo una idea de qué podría llenar ese agujero con forma de persona en mi vida. O quién, debo decir. Las amistades y citas que tenía en el pasado no son nada ahora. He tenido múltiples oportunidades las últimas noches, y aún así...

No estoy interesado. Y culpo a Emma de todo esto. Cada vez que pienso en otra mujer, es como... como si las otras mujeres estuvieran en blanco y negro. Sé que Emma existe a full color, y mi regocijo en las mujeres en blanco y negro es... menos de lo que fue hace unos meses.

Paso mi brazo sobre mis ojos para bloquear el sol, y maldigo a Emma. Si ella no fuera tan... Alegre y afectuosa... entonces quizás tendría una oportunidad de no desearla otra vez así.

Neciamente, pienso que tenerla sólo una vez más sería suficiente para sacarla de mi sistema. El problema es que, en lugar de hacer eso, pienso que follarla de alguna forma la metió más dentro de mi piel.

Y claro, a raíz de tener sexo con Emma no puedo sacarla de mi mente ni por un momento. Juro que si no fuera por el hecho de que Asher forma una parte importante de mi vida, lo mandaría todo a la mierda. Me hundiría tan profundamente en Emma, que ella no sabría qué la golpeó.

El hecho de que soy el único hombre con el que ella ha estado sigue siendo impactante. No conozco los detalles, los vaivenes de su vida así de bien, pero me gusta pensar que ella tiene variedad de oportunidades con otros chicos... y me escogió a mí. Ella esperó por *mí*.

Es algo impresionante. Esa idea me hace sentir extrañamente orgulloso, y al mismo tiempo algo culpable.

Escucho la puerta frontal abrir y cerrar. Sospecho que es Asher regresando, ya que no había estado aquí cuando llegué borracho anoche. Obviamente estaba buscando acción en otro lado, porque no lo he visto, pero sí vi que se dirigió a los estantes del baño. Él vació la enorme caja de condones, donde antes probablemente quedaban diez o doce.

El sexo cura todas las heridas, creo. Incluso si la herida es una horrible ex.

De hecho, corrijan eso. *En especial* si la herida es una horrible ex.

Huelo algo. Me quito el brazo de los ojos, olfateando el aire. ¿Qué es eso, café?

Saliendo de la cama, saco un par de pantalones deportivos y salgo de mi habitación. Bajo hacia la sala y entro a la cocina, y me detengo. Emma está ahí, con su cabello recogido, de pie en la estufa con espátula en mano.

Yo arrugo mi cara. "¿Cómo—"

Mi voz la asusta, la hace dar la vuelta y saltar de golpe. Ella pone su mano en su corazón y se ventila con la espátula. Me doy cuenta de que lleva un lindo vestido rosado pálido, con una falda que casi llegaba a medio muslo. Trago saliva.

"Por dios, Jameson," dice ella. Actúa como si yo estuviera en su cocina, lo cual es bastante confuso. "¿Quieres algo de café?"

No me muevo excepto para cruzarme de brazos. "¿Quiero? ¿Qué haces aquí?"

"Ummm... Asher me dio una llave." Ella se encoge como si no fuera gran cosa. De vuelta a la estufa, empieza a usar la espátula en unas croquetas de papa. "Yo, um... más que nada quiero disculparme por presionarte tanto en la playa el otro día. Así que pensé en venir, hacer algo de desayuno, y ayudarte a estudiar para el diplomado de educación general."

Emma mira por encima del hombro. Estoy algo perplejo, así que me dirijo a la mesa, y tomo asiento. Con los ojos entrecerrados hacia ella, suspiro.

"A tu hermano no le gustará que estés aquí conmigo."

"Entonces creo que lo mejor sería que no viviera para complacer a Asher." Ella pasa a la repisa, y saca dos tazas y un vaso. Me sirve un vaso de agua primero, acercándose para ponerlo frente a mí. "Hueles a whiskey."

Lo tomo, sin mencionarle que ella es la causa de gran parte de mi miseria en los últimos tres días. Esta resaca es en parte su culpa. Mientras bebo el agua, ella sirve una taza de café negro y la pone frente a mí.

Ella regresa a la estufa, sirviendo las croquetas de papa en dos platos, y batiendo unos huevos. Mientras se cocinan los huevos, ella los mueve gentilmente con la espátula. Yo bebo algo de café, y luego me levanto para rellenar el vaso con agua.

Está incómodamente callado en la cocina, la mayor parte soy sólo yo mirando su trasero y el bronceado de sus piernas. Bebo tres vasos más de agua, y media taza de café. No quiero admitirlo, pero el agua ya ha eliminado casi toda mi resaca.

Ella abre un contenedor plástico de fresas, cortando las puntas con un cuchillo.

"Voy al baño," le digo.

Ella sólo sonríe por encima del hombro, así que me levanto y me dirijo por el pasillo hasta el baño. Después de orinar rápido, me tomo unas aspirinas y cepillo mis dientes. Me miro en el espejo y trato de peinar mi cabello un poco.

Luego regreso a la cocina. Hay dos platos de comida listas en la barra. Ella hizo tostadas en la tostadora. La vi colocando una buena cantidad de una especie de mermelada en su boca.

Hicimos contacto visual, y algo oscuro e inexplicable irradió entre nosotros. Ella chupó la punta de su dedo, lo que me puso jodidamente duro. Cuando ella retiró su dedo de su boca, una pequeña pizca de mermelada quedó sobre su labio.

"Tienes algo de, um," murmuro, señalando su boca. Me acerco un poco.

Ella se sonroja y se limpia al lado equivocado. "¿Ahí?"

"No, déjame..." me acerco a ella, y ella inclina su cabeza para mirarme. En el momento en que paso mi pulgar en su labio, me doy cuenta de que cometí un error. Me congelo, con mis ojos encontrando los suyos. Es bastante fácil para ella mover su cabeza un poco y besar mi pulgar. Hay algo obsceno en sus carnosos labios moviéndose sobre mi piel, algo que no puedo ver.

Es más fácil para mí tomarla de la cintura y levantarla sobre la barra, abriendo sus piernas y uniéndonos. Mi boca desciende hacia la de ella, hambrienta y dominantemente.

Ella abre su boca y sus piernas para mí, atrayéndome sin dudarlo ni un segundo. Sus manos se deslizan en mi cuello, con sus uñas fijándose sobre la piel en mis hombros. Yo pongo una mano en uno de sus pechos, y pellizco su pezón, sacando un gemido de sus labios.

Le doy besos en su quijada, saltando a su cuello, e inclinándome para olisquear el espacio entre sus senos. Siento sus piernas enrollarse en mí, con sus talones hundiéndose detrás de mis piernas, acercándome lo más que puede.

Bajo mi mano y levanto su vestido, descubriendo que bajo él, ella está desnuda. Gruño mientras desgarro una de las tiras que lo sostienen, besando su nuevamente expuesto pecho. Sé que no estoy siendo delicado con ella, pero estoy demasiado metido en el trance como para importarme.

A ella parece no importarle, llevando su cabeza hacia atrás. Está haciendo esos pequeños *ohs* que me matan, a cada segundo que no estoy dentro de ella.

Maldición. Necesito tenerla, en este instante. Pero una voz dentro de mí dice que Asher podría entrar en cualquier momento... y la voz no se equivoca.

Levanto a Emma, con sus piernas aún enrolladas en mi cintura, y la llevo por el pasillo hacia mi habitación. Entro, cerrando la puerta tras de nosotros con un golpe, y caigo en la cama con Emma aún sujetándose de mí.

Su aliento la abandona en un *whoosh* mientras golpeamos la cama, pero uso mis codos para apartar la mayoría de mi peso de ella. Ella me besa, y yo muerdo su labio inferior. Ella sujeta mi cabeza y me muerde en el cuello, lo que juro que hizo que mi pene vibrara.

"¡Maldición!" digo entre dientes. "Eres una chica mala, Em."

Aprieto uno de sus pechos con fuerza, y ella suelta un gemido.

"¿Lo bastante para ser castigada?" susurra ella.

"Ohhh diablos," digo, empujándola sobre la cama. La miro por un segundo, observando su rostro. "Realmente no quieres esto."

Ella lucha debajo mío, tratando de empujarme. "Quizás sí quiero."

Subo mi mano hasta su cuello, encajando mis dedos alrededor de la blanca y delgada cerviz. Aplico un poco de presión, haciendo que jadee y se sacuda debajo de mí. Cuando la suelto, ella trata de acercarme para un beso. Lo permito por un momento, pero luego retrocedo. Hay mucho más que quiero hacerle.

Me muevo hacia atrás, arrodillándome en la cama, y deslizo su vestido sobre su cabeza con fuerza. Lo lanzo a un lado, y luego me quito mis propios pantalones.

Sus ojos inmediatamente bajaron a mi pene, el cual saltó ante la atención que ella le presta. Ella me mira, mordiendo su labio.

"¿Puedo saborearte?" pregunta callada, luciendo insegura.

Dios, ¿acaso Emma podía ser más sexy? Bajo mi mano y sacudo mi pene con una mano, asintiendo.

"¿Estás segura que estás lista para hacer oral?" pregunto.

Sus ojos brillan un poco, y ella se levanta sobre la cama. "No es física cuántica, ¿o sí? Tú sólo... tendrás que guiarme un poco."

"Creo que puedo hacer eso," le digo, entretenido. Miro mi pequeña habitación, dándome cuenta de que probablemente no haya espacio para ella para arrodillarse cómodamente.

Pero ella me sorprende saltando de la cama y arrodillándose en el suelo, mirándome con total confianza.

"¿Así?" pregunta.

Yo me bajo de la cama, tomando mi pene. Doy un paso hacia ella, y ella pone una mano en mi cadera, mirándome. "Así está... perfecto. Dios, eres tan sensual cuando te pones de rodillas así."

Tragando saliva, bajo la mirada a su rostro con forma de corazón. Sus gruesos labios se abren mientras guío mi pene hacia su boca. En el momento en que mi pene toca sus labios, y la sensible cabeza siente la cálida humedad de su boca, tuve que cerrar mis ojos por un momento.

Mi pene se retuerce, y requiero de toda mi concentración para no enterrarme en su cálida boca. Imagino cómo lo haría. Qué tan bien se sentiría colocar mi mano en su cabello, para sujetarla y penetrar su boca y su garganta.

Pero no. Abro mis ojos de nuevo, respirando fuerte. Ella me está mirando, con sus labios en toda la punta de mi pene, con sus ojos diciéndome que confía en mí. Tengo que recordarlo.

"Abre un poco tu boca, y saca tu lengua," la animo, presionando la fuerte cabeza contra sus labios. Ella lo hace, rodando la suave punta de su lengua. Acaricia la cabeza de mi pene, y envía pequeños relámpagos hasta mis pies. Mis dedos se retuercen.

"Mieeeeeerda," susurro. Ella aparta mi mano del camino, cerrando su pequeño puño alrededor de mi pene. Yo pongo mi mano en su cabello mientras ella hunde su boca en mi miembro.

Me sacudo un poco mientras sus dientes llegan al punto sensible bajo mi cabeza. "Cuidado con los dientes," le advierto, afirmando mi agarre en su cabello.

Ella se corrige, cubriendo sus dientes con sus labios. Entonces empieza a mover su cabeza adelante y atrás, follándome con tal lentitud. Yo gruño mientras ella aumenta el ritmo un poco, cerrando mis ojos e inclinando mi cabeza hacia atrás.

Usualmente cuando penetro la vagina o el trasero de una chica, estoy en una posición de control total. Puedo detenerme o bajar la velocidad como quiera, lo que me ayuda a evitar descargarme antes de estar listo. Incluso con garganta profunda, tengo mayor control que como estoy ahora.

Y el control es algo que necesito tener desesperadamente, en esencial en este momento. En especial con Emma. Tengo que recordar que esta es sólo su segunda vez teniendo sexo; no puedo asustarla sujetándola y penetrando su garganta. Y por más que quiera acabar en su boca, sé que no puedo. Es demasiado.

"Diooosssss," siseo. Su boca se siente increíble, va a ser difícil para mí resistir. "Okey, okey. Tienes que parar, de lo contrario acabaré en tu boca."

La agarro gentilmente del rostro y la aparto. Ella se sienta en sus talones, limpiando su boca con el dorso de su mano.

"Sabes bien," dice ella, analizando mi rostro con sus ojos. "¿Lo hice bien?"

"Tu boca es increíble." La levanto, y luego la lanzo sobre mi cama. "Es sólo que no quería acabar ahí, cuando hay muchos otros lugares que me llaman."

Ella ríe por un segundo. Yo la agarro de las rodillas y las separo, inclinándome para besar sus pechos. Luego voy directo a su vagina, abriéndola con dos dedos, y lamiendo su clítoris.

Emma grita y hunde sus manos en mi cabello, arqueando su espalda. Yo trazo ochos alrededor de su clítoris y meto mi lengua en su vagina, adorando su aroma y su sabor. Mientras ella se mueve, con sus jugos fluyendo, yo levanto sus rodillas y sigo lamiendo hasta el pequeño agujero de su trasero.

"¡Oooh!" grita, sorprendida.

Yo lo beso y lo lamo por un segundo, penetrando su trasero con la punta de mi lengua. Luego me aparto, besando sus muslos, besando y mordiendo sus pechos.

"Quiero que te vuelvas a tocar," le susurro al oído. "Cuando te dé por detrás, quiero que acabes por tu cuenta."

Ella asiente ansiosa, y yo le doy la vuelta. Ella se abraza sus rodillas y codos, mostrándome su hermosa vagina y su trasero. Yo agarro mi pene, presionando su entrada con la cabeza.

Me acerco, y luego me detengo por un segundo. "Mierda. Necesito un condón."

"No, no necesitas," dice ella, algo jadeante. "Digo, asumiendo que estás limpio. Tengo un DIU."

Le respondo inclinándome para besar su espalda, justo en su columna. Ella tiembla, y tomo mi pene de nuevo. Lo presiono contra su entrada.

"Tócate," le ordeno. Ella pasa una mano bajo su cuerpo, y empieza a jugar con su clítoris.

Yo la penetro, y escucho su jadeo. Se siente tan caliente y tan apretado que tengo que ir lento, o de lo contrario acabaría enseguida.

"Oh por dios," dice entre jadeos. "Jameson, tu pene se siente tan bien."

La agarro de la cadera y las uso como palanca mientras la penetro, metiendo y sacando mi pene en su vagina. Ella empieza a apretar cada vez más mientras juega con su clítoris. Yo me concentro, cerrando mis ojos, y trato de tocar su punto G cada vez que entro.

Finalmente ella explota, acabando con un grito. Yo me apresuro tan pronto siento su espasmo, golpeando en ella como un martillo hidráulico. Ella grita mi nombre, algo que nunca podría sonar mejor.

Siento como mi pene empieza a agitarse y temblar mientras lo llevo adentro una y otra vez. Me siento como una maldita fuente, con su vagina ordeñando mi pene por todo lo que tiene.

"¡Mierda!" grito. "Maldición, Emma."

Logro sostenerme antes de desplomar mi cara en su espalda, balanceando mi peso para en vez de eso caer a su lado. Ella no se mueve, sólo se acuesta en su estómago, con la mirada alejada de mí, y su respiración entrecortada.

Yo lucho por respirar, pero también siento una sofocante necesidad de besarla. Volteo su rostro con una mano, y la pongo en una mejilla.

¿Estás bien?" le pregunto, revisando su rostro.

Ella me da una sonrisa perezosa. "Más que bien."

La beso en los labios, lento y contento. Cuando me aparto, ella me ve con una sonrisa pícara.

"¿Tú crees que nuestra comida se haya enfriado?" dice con una risita.

"Sip." La acerco a mí. "Creo que tendremos que pensar en otra forma de satisfacernos."

Ella se ríe, y yo sonrío. No estoy bromeando del todo, pero creo que ella lo sabe.

O al menos lo sabrá en unos minutos...

19

EMMA

*2*007
"¡Mira lo que encontré!" exclama mi amiga Karen, levantando su muñeca. Está fanfarroneando de un nuevo brazalete de oro, el cual le combina con su vestido blanco de fiesta. Estaba demasiado bien vestida para un arcade, pero no le dije eso. "¿No es genial?"

"Es muy lindo," le digo, hundiéndome más en el asiento trasero del carro. Yo llevaba jeans y una blusa con una mariposa gigante impresa, y tenía mi cabello acomodado con un conjunto de pequeños clips de mariposas.

Karen parece satisfecha con mi respuesta, frunciendo sus labios y asintiendo. Yo miro a Donovan, nuestro chofer, pero él es tan callado como siempre. Karen y yo vamos de camino a la fiesta de cumpleaños 22 de Asher, o al menos a la parte del día en el arcade.

Escucho a Asher hablar con su novia sobre la *rumba* que tendrán después. Pero Karen y yo tenemos trece, lo suficiente para que nos empiecen a gustar los chicos y tener opiniones sobre ropa.

En otras palabras, nosotras *no* estamos invitadas a las festividades más adultas.

"¿Tú crees que le guste a Asher?" pregunta Karen, tocando su brazalete. Puedo decir que ella no está pidiendo mi opinión realmente, en especial porque inmediatamente continúa su pregunta con una frase. "Si tu hermano sólo me mira a mí, te juro por dios que me sentiré como si me fuera a... *morir*."

Yo entorno mis ojos. Karen podría estar totalmente enamorada de Asher, pero yo sigo quedándome algo atrás en el departamento del amor. Sea cual sea esa supuesta magia que deja con los ojos abiertos, enloquecida por los chicos, no me ha afectado aún.

"Ya llegamos, Señorita Emma," dice Donovan, deteniendo el carro. Miro por la ventana y veo el edificio de ladrillos sencillo, con una fachada algo arruinada. De hecho, de no ser por el letrero que dice ARCADE, podrías entrar sin saber qué hay dentro.

Miro desde la ventana. Karen es más rápida que yo, abriendo la puerta y saliendo de un brinco.

"¿Necesita que la escolte adentro?" pregunta Donovan.

Yo sonrío y meneo la cabeza. "No, gracias."

"¿Tiene su celular?" pregunta.

Golpeo mi bolsillo trasero. "Lo tengo."

"Estaré a la vuelta de la esquina, esperando." Donovan me da una pequeña sonrisa.

"Okey." Empiezo a bajarme del carro, apresurándome para unirme a Karen mientras ella abre la puerta del arcade.

Me siento inmediatamente envuelta entre el ambiente y los sonidos del arcade tan pronto doy un paso al frente. Pantallas brillando, luces estroboscópicas. ¡Todo a mi alrededor son *ding ding ding* y voces incorpóreas diciendo qué podría ganar!

Aparte de eso, hay lo que parece ser millares de niños, corriendo y brincando sobre todo. Karen toma mi brazo fuerte.

"Oh por Dios, ¿a dónde vamos primero?" pregunta, con los ojos bien abiertos.

"Mmm..." digo, pensativa. Pero luego Karen clava sus uñas en mi piel y chilla.

"¡Por allá!" dice, apuntando. Yo veo, y encuentro a mi hermano Asher jugando hockey de aire, inclinándose cada vez que golpea el puck. Puedo ver sólo la mitad de la mesa, porque hay un enorme juego de Jeopardy en mi camino.

Karen me arrastra hacia Asher. Yo volteo mis ojos mientras nos acercamos.

"Tú dices hola, y luego me presentas," me ordena, empujándome al frente.

"¡Ahh!" grita Asher mientras nos acercamos, levantando sus manos en derrota. "Buen juego, amigo."

No reconozco al joven de cabello oscuro con el que juega, pero él se acerca. Miro su altura y sus oscuros ojos por un segundo. De repente me siento cálida en todo el cuerpo y algo falta de aliento, pero no sé por qué.

Asher me ve y entra en mi línea de visión, eclipsando al chico que estaba viendo.

"Emma!" dice, acercándose para abrazarme. Él enrolla sus brazos a mi alrededor, sorprendiéndome con un genuino abrazo. "Qué bueno que viniste. Tuve que pedirle a mis padres que te dejaran venir."

"Hola, Ash," le digo, apartándome para mirarlo. "Feliz cumpleaños. Y... gracias por decirles."

"No hay problema," dice, sacudiendo mi cabello un poco.

"¡Oye!" digo, frunciendo mi rostro y colocando una mano para apartarlo.

"¿E-jem?" Karen me recuerda impaciente.

Asher me suelta, y le agito una mano hacia Karen. "Ella es mi amiga Karen."

Ash sólo asintió. "Hola."

Miro al lado de Ash. "¿Quién es tu amigo?"

El chico de aspecto oscuro me mira inquisitivamente. Ash menea su cabeza. "Tú conoces a Jameson, Emma. Él ha sido mi mejor amigo por más de diez años."

Entrecierro los ojos a Jameson. "¿De veras?"

Jameson se acerca para quedar al lado de Asher, con sus ojos brillando de humor. "He estado por aquí y allá por un tiempo. Probablemente eras demasiado pequeña para recordar."

Miro a Jameson, sintiendo un pequeño cosquilleo en mi estómago, como mariposas. "Oh."

En todo el edificio, un anuncio vino de los pequeños altavoces. *"Aquellos que quieran jugar láser tag, acérquense a la arena de láser tag ahora. Gracias."*

"Síiiii," dice Asher, apuntando su dedo al rostro de Jameson. "Ahora es mi turno de vencerte."

Jameson voltea sus ojos. "Sí, porque la tercera es la vencida ¿cierto?"

"Sólo espero que estés cansado," bromea Asher.

Karen prácticamente pisa mi pie. "¡Queremos jugar!"

"¡Auch!" digo, frotando mi pie. Karen me lanza una mirada mortal. "Digo... sí. ¿Podemos?"

Asher se ríe. "Sí, claro. Vamos."

Karen corre adelante, ansiosa por estar al lado de Asher. Me doy cuenta de que Jameson se queda un poco atrás, y me quedo a su paso más lento. Lo miro a escondidas desde el rabillo de mi ojo. Él es bastante alto, con cabello y ojos oscuros. Él tiene rasgos muy distinguidos, con pómulos y una quijada de aspecto férreo.

Me doy cuenta por primera vez que tiene una cierta robustez en su forma, una clase de su aspecto musculoso que lo hace verse elegante pero fuerte. Me sonrojo cuando me doy cuenta de que esto es lo que el baúl secreto de romances de mi mamá se refiere a *físico muscular*.

De repente pienso en todas las buenas descripciones de los héroes en los libros de mi madre... todos tienen sentido de repente, con sólo verlo.

"¿Quieres que lo hagamos juntos?" pregunta, mirándome.

Paso por ocho tonos de rojo. "¿Q-qué?"

"¿Que si quieres que estemos en el mismo equipo?" Él dice sus palabras muy lentamente, como si fuera torpe o algo así.

"¡Ah! Um, ¿sí?" digo.

"Genial." Él se acerca, colocando su brazo sobre mis hombros. Casi me desmayo en el momento que su brazo hace contacto con mis hombros. "Creo que deberíamos hablar de estrategia..."

Él huele tan bien, que no puedo soportarlo. Hace que mi cuerpo tiemble. Lo miro, boquiabierta, y él empieza a hablar de láser tag.

Ese es el momento en que doy por seguro que estoy sintiendo mi primer amor.

20

JAMESON

Me despierto con el sol en la cara y con Emma dormida en mi brazo. Me sentiría mal en despertarla. Después de todo, estuvimos despiertos hasta altas horas de la madrugada, follando como adolescentes. Siendo honesto, es lo que hemos estado haciendo por toda una semana. Se está volviendo algo adictivo, sabiendo que tengo una desnuda y agitada Emma esperándome cuando salgo del trabajo.

Aún así tengo que despertarla en algún momento. Hoy es el día del Agradecimiento al Empleado en el Cure, lo cual significa que la tienda está cerrada. Asher y yo hemos estado planeando por meses llevarlos a todos a la playa este día.

No he hablado más que unas pocas palabras con Asher la semana pasada, pero asumo que ese sigue siendo el plan. Retiro mi brazo de Emma lo más sigilosamente posible, pero sus cejas se agitan.

"¿Hmmm?" murmura, casi dormida.

Me levanto y busco mi teléfono, revisando mensajes de Asher. Por suerte, hay un mensaje de él, dirigido a todo el personal del Cure.

Redemption Beach, 11 am. Sólo su presencia y sus toallas. Yo llevo la comida, y Jameson traerá las bebidas.

No hay más mensajes, al parecer. Reviso la lista de miembros, y encuentro que habían incluido a Emma. Eso me evita una incómoda conversación sobre lo que haré hoy, al parecer.

Voy al baño y me lavo los dientes. Cuando regreso, Emma está despierta y sentada. Ella está desnuda excepto por la manta que cuelga en su pecho. Veo múltiples chupones en su cuello y hombros, los cuales me avergüenza decir, son por mi culpa.

"Hola," le digo, entrando a mi cuarto y cerrando la puerta detrás de mí.

Ella levanta la mirada del teléfono con una sonrisa somnolienta. "Hola."

"Así que hoy es el día de agradecimiento al empleado," digo, caminando hacia la cama para estar frente a ella. Bajo la mano hacia la sabana, y tiro de ella. Ella me deja hacerlo, y soy recibido por la imagen de un pezón rosado oscuro.

"Sí, recibí el mensaje," dice ella. Cierra sus ojos brevemente, mordiendo su labio cuando acoplo mi mano en su pecho. Cuando pellizco su pezón, ella abre sus atractivos ojos verdes, analizándome. "Ya son las diez. Deberías darte prisa si te tocan las bebidas."

Me inclino y rodeo su carnoso pezón con la punta de mi lengua. Ella hace un sonido *mmmm*, con su mano cruzando por mi cabello, explorándolo perezosamente.

Luego ella abre sus ojos, gruñendo mientras aparta mi cabeza. "Hablo en serio. Tienes cosas por hacer."

Yo la domino, besando sus labios por un segundo. Luego me enderezo. "Qué aburrida."

"Y será peor esta noche cuando te haga estudiar para el DEG." Ella sale de la cama y empieza a recoger su ropa. "Tengo que llegar a mi casa, tomar una ducha y arreglarme antes de ir a la playa."

Miro su trasero desnudo mientras se pone sus panties. "Ajá."

Ella me ve mirando, entorna los ojos, y me lanza una franela. "¿Qué no tuviste suficiente anoche?"

La tomo de la cintura, acoplando mi mano en su barbilla y la beso de nuevo. "¿Suficiente de ti? Honestamente no creo que sea posible."

Ella sonríe, pero hay algo triste en sus ojos. "Qué bueno saber que te sientas así."

Ella me aparte, y yo la dejo ir. Mientras se apresura a ponerse una franela y unos shorts, yo me quedo algo perplejo ante cual podría ser el problema.

"Oye, oye," le digo, llevándola a mis brazos de nuevo. "Me vas a decir qué te tiene tan molesta. Yo no leo mentes."

Ella se rasca la nariz. "Hablaremos de eso luego. Vas súper tarde."

Emma me empuja de nuevo, y esta vez la dejo ir. Abre la puerta y desaparece, dejándome con la pregunta de qué la está molestando.

Me apresuro a vestirme y a conseguir bloqueador solar, y luego entro al Jeep. Después de una parada rápida en el Cure para conseguir los implementos necesarios para beber, me dirijo a Redemption Beach.

Llego al estacionamiento a las 11:05, justo a tiempo para ver a Emma y Asher desapareciendo en el angosto camino que lleva a la playa. Ellos están cargando un montón de cosas. Toco la corneta mientras estaciono, y ambos voltean al mismo tiempo.

Cuando ellos vuelven a mirar al frente, me sorprende lo parecidos que se ven. Por un minuto, estaba tan ocupado teniendo sexo con Emma que casi olvido lo mucho que se parece a Asher en su aspecto.

Salgo de mi Jeep mientras Gunnar llega con su Ford Mustang azul al estacionamiento. Gunnar salta de su carro y se acerca para ayudarme con varias cajas de cerveza, una caja de agua embotellada, y una hielera llena.

"Hola, extraño," dice Gunnar, levantando una pila de cajas de licor y agua embotellada.

"¿Hola?" respondo, inseguro de a qué se refiere.

"No te he visto mucho por fuera del trabajo," dice.

Yo levanto mi mochila, luego la hielera, balanceando otra caja de licor encima. Empiezo a caminar hacia la playa. "Creo que he estado muy ocupado."

Gunnar me sigue. "¿Con qué? O al juzgar con las marcas de tu cuello, ¿con quién?"

Le lanzo una mirada. Él sonríe, y yo meneo mi cabeza. ¿Alguna vez he sido de los que besan para contarlo?"

"Sólo pensé que debía decirte que me he dado cuenta," dice él con desdén.

Entorno mis ojos. "Anotado."

Charlamos sobre el bar de camino a la playa. Mientras nos acercábamos más al grupo de empleados del Cure, Emma voltea y nos ve. Ella enseguida mira a otro lado, pero logro notar la sonrisa pícara en su rostro.

Tengo que admitir que mi corazón se acelera un poco cuando veo esa sonrisa. Cómo amo ver a Emma sonreír.

Me congelo, ahí en la playa. Oh, mierda... ¿acaso la amo?

No.

No puedo amarla.

No *puedo*. Sólo hemos tenido sexo por unas semanas. Es muy, muy pronto.

¿Verdad?

"Oye," dice Gunnar, deteniéndose y mirándome. Su expresión es impaciente. "¿Qué?"

No hay tiempo para una introspección profunda, por lo que meneo la cabeza. "Ah... sólo pensé que había dejado la estufa encendida en casa. Pero no lo hice."

Gunnar me da una extraña mirada, pero Forest llega caminando hacia nosotros, salvando mi trasero sin darse cuenta.

"¿Qué agarro?" pregunta, mirándome a mí y a Gunnar.

"Nada," digo, siguiendo adelante. "Creo que ya tengo todo."

Aceleré el paso los últimos sesenta metros hacia el grupo. Maia e Evie están acomodando las sombrillas, Asher enciende una pequeña parrilla que trajimos, y Emma luce más rara que nunca.

Parece que Asher ha invitado a todos a unírsenos, incluyendo a quienes trabajan medio tiempo en el bar. Brandon, Sarah, Alice, y Derek estaban cavando un agujero para otra hielera.

Asher levanta la mirada mientras bajo mi cava. No puedo ver más allá de sus lentes de sol Ray-Ban, pero está hecho un idiota conmigo a todo dar.

"No pensé que realmente te tomarías la molestia de traer algo," dice, mirando las cajas de licor y la hielera.

Le doy una mirada fría, ignorando el desprecio. "Traje todo lo que necesito para hacer un contenedor de ponche. También hielo, y agua embotellada."

"¡Ya lo oyeron! ¡Otro agujero en camino!" grita Sarah animada.

Su brillante cabello rosado y su bikini amarillo brillante eran casi tan chillones como ella.

Ella anima a Brandon a empezar a cavar otro agujero mientras Alice y Derek llevan la hielera de Asher al primero.

Me pongo a preparar el ponche, el cual quedó genial, sólo un poco más alcohol de lo que pensaba. Vierto todo en una enorme jarra de Tupperware, y paso vasos plásticos rojos. Todos excepto Evie y Brandon tomaron un vaso.

"Me pasé anoche," dice Brandon, rechazando mi oferta.

"Sí, yo también," dice Evie, algo de prisa. "¿Dónde está el La Croix?"

Maia toma su primer sorbo, y dice, "¡Woa! ¡Hay... mucho licor en esto!"

Gunnar sonríe y le guiña. "Lo tomaré como una buena señal. Déjame rellenarlos."

Maia voltea sus ojos. Él se bebe su vaso, y toma la jarra para rellenarlo. Alguien lanza un balón de fútbol, y la mayor parte de la fiesta se fue a la playa.

Yo me quedo atrás, junto con Asher y Emma. Asher está holgazaneando con la parrilla, colocándose uno de los delantales de cuero que usamos en el bar. Me rehusé a caer en la trampa de mirar a Emma, así que sólo me siento bajo una sombrilla y bebo mi ponche en silencio.

Miro a Asher unas veces, pero él parece estar dándome la espalda voluntariamente. Su pequeño juego del acusador ha llegado hasta este punto, aún así, odiaría tener que rogarle para que me escuche.

"¿Me puedes hacer un favor?" le pregunta Asher a Emma. "Abre la cava de la comida y pásame el Tupperware lleno de pollo, ¿quieres?"

Emma sigue sus instrucciones, sacudiéndose la nariz ante el enorme contenedor de pollo. "¿Qué es toda esa cosa marrón?"

"Mariné el pollo con salsa teriyaki, porque soy considerado." Su expresión se tornó amarga. "A diferencia de otros."

Lo miro fijamente. "Jódete, Asher."

Él deja el pollo a un lado, luciendo siniestro. "Estoy seguro de que en alguna parte, la prometida de alguien está borracha y vulnerable. ¿No deberías estar ahí para seducirla?"

Dejo mi vaso en la arena. "No te lo diré otra vez. No me lancé sobre Jenna. Por todos los cielos, ni siquiera me gustaba cuando era tu novia."

"¡Te gustaba lo bastante para intentar robármela la noche anterior a mi boda!" gruñe Asher.

"Chicos—" Emma intenta interceder.

Me pongo de pie, apretando mis puños. "Dilo una vez más, y te haré pedazos."

Él se quita su delantal de cuero, poniéndose en guardia conmigo. "¡Arruinaste mi vida!"

"¡*Suficiente*!" grita Emma. "¡La verdad es que estoy cansada de los dos en este momento!" Ella se levanta y se me acerca, apartándome de Asher. "Vamos. Él está preparando la comida. Tú necesitas dar un paseo conmigo."

Miro a Asher con desdén. Emma toma mi rostro, forzando mi mirada a cruzarse con la suya. Es un gesto extrañamente íntimo, pero logra forzarme a calmarme de una jodida vez.

"Muévete," me ordena, dándome un pequeño empujón.

Echando humo, tomo rumbo hacia el estacionamiento. Emma se apresura a seguir mi larga caminata en la arena. Estoy furioso, listo para descargarme contra quien sea que se cruce en mi camino.

21

JAMESON

"¡Ve más despacio!" ruega Emma mientras llego al camino de madera que lleva al estacionamiento. "Prácticamente me estás haciendo correr. No estoy hecha para correr en la arena."

Yo bajo mi ritmo, pero no me detengo. En vez de eso, doy un giro cerrado a la izquierda, hacia un camino viejo hacia el bosque.

"Quiero golpear su cara," digo entre dientes mientras sigo el camino.

"Él es tu mejor amigo," me recuerda Emma. "Él lo superará. Ambos lo harán. Esto también pasará, según dicen."

"Yo creo que quienes lo dijeron se hicieron amigos de un completo lunático," digo, hirviendo de ira.

Cruzamos por un claro con algunas mesas para picnic, y Emma toma mi mano, deteniéndome. Yo la miro, con la tormenta dentro de mí aún resonando.

"Detente, por favor," dice ella. "Sólo... habla conmigo."

Mirándola, aún siento mi cabeza hecha un lio. Con Asher, de seguro. Pero también conmigo mismo, por el hecho de que tengo sentimientos reales hacia esta chica... la única persona a la que no debería ni siquiera amar.

Emma me mira, con sus ojos analizando mi rostro.

Me lanzo hacia ella. Sus labios son suaves y con un sabor

salvaje y familiar a la vez. También saboreo whiskey, aunque sé que es por mi parte.

Emma hace un pequeño chillido y me empuja carente de fuerza. Eso sólo me hace desearla más. Cuando la beso una segunda vez, no hay resistencia. En su lugar, ella abre sus labios y recibe mi lengua con la suya.

Nos besamos por varios segundos, con mi corazón empezando a latir más rápido. Maldición... si es posible, mis sentimientos hacia ella son mayores que hace unos minutos.

"Emma—"

"Cállate."

Con un movimiento rápido, ella se quita su franela para revelar sus firmes pechos, con sus pezones duros suplicando mi boca. Desciendo a su boca de nuevo, tomando su cabello por detrás de su cabeza para controlar sus movimientos. La llevo hacia un árbol, sellando mi mano sobre su boca.

Si ella quiere tener sexo en secreto, puedo hacerlo. Ella está por descubrir qué tan bien puedo follarla en silencio. La beso de nuevo, conteniendo mi propio gruñido. La sensación de mi boca contra la de ella, mi lengua mientras cruza por sus dientes, es demasiada.

Emma pasa sus brazos alrededor de mi cuello, sin resistirse en lo más mínimo. Bajo mi mano hacia sus pequeños shorts, quitándoselos y bajándolos por sus piernas con facilidad. Cuando Emma baja su mano para quitarse su ropa interior, la tomo de la muñeca y la detengo.

La llevo caminando hasta que la tengo contra la fuerte corteza de un árbol. La agarro y me arrodillo, besando sus senos, su estómago. Tomo sus tobillos, y abro sus piernas un poco. Ella gime.

"Shhhh," le recuerdo, apretando su pierna. "Si haces un sólo ruido, me detendré. Así que debes estar callada."

Ella me mira, con los ojos bien abiertos, y asiente rápidamente.

Ella no lleva nada más que sus panties, las cuales se mojaron de inmediato. Me detengo, tomando un momento para quitarle el top por encima, llevando sus pechos a mí.

Su cuerpo tiembla mientras me inclino para darle un beso. Sus pezones están duros, y yo tiro de uno con suavidad. Ella se tensa, pero no grita.

"Buena chica," le gruño. Olisqueo su cuello y empiezo a trazar con mi lengua un camino hasta su clavícula.

Mientras bajo, ella agita su pecho, desesperada por que mi boca esté en sus pezones. Yo beso sus senos y trazo el borde de sus aureolas con la punta de mi lengua.

La molesto y ella hace un gemido ahogado, claramente frustrada. Finalmente, cuando llevo un pezón a mi boca y empiezo a succionar, todo el cuerpo de Emma tiembla y se tensa.

Yo me muevo hacia su otro pecho y ella mueve sus dedos entre mi cabello. Beso su estómago, poniéndome de rodillas. Emma empieza a jadear mientras llego al borde de sus panties.

Beso su clítoris a través del material de encaje y ella gime, al borde de la explosión. Cuando baja la mirada para ver mi cabeza entre sus piernas, y mis enormes manos enrolladas firmemente en sus piernas, ella suelta otro gemido ahogado.

Yo me río.

"Por favor," susurra ella.

"¿Por favor, qué?" le murmuro, pero no levanto la mirada. "Dime qué quieres. *En silencio.*"

"Vamos," dice ella, deseosa. Ella empuja su centro hacia mi cara.

"Dime qué quieres," le repito.

Ella sujeta mi cabello con más fuerza. "Desgarra mis panties," dice.

Suelto sus piernas lo bastante para complacerla. El frío en el aire de repente golpea la cálida humedad de su centro, y puedo captar vagamente el aroma del cálido cuerpo de Emma en el aire a su alrededor.

"¿Ahora?" le pregunto.

"¡Sí!" insiste, retorciéndose.

"¿Y luego qué?" le pregunto, y soplo con suavidad su clítoris.

"Quiero que lamas mi... mi clítoris," susurra ella. Una mirada me dice que sus mejillas están ardiendo.

De inmediato, mi lengua está en su clítoris. Sin la capa del encaje entre nosotros, el placer hace un gran impacto. Ella cierra sus ojos y levanta su cabeza.

"¿Qué más quieres?" le pregunto entre besos y succiones.

"Pon tu dedo en mí," ordena ella.

Me río en silencio por su cambio de tono. Suelto un muslo y deslizo un dedo con facilidad en su humedad, hasta que entra en lo profundo de su vagina. Ella gime y me presiona contra ella.

"Dos dedos," murmura ella, mordiendo su labio. Entro un segundo dedo en su calidez.

Emma abre sus ojos y me mira. El poder de tenerla diciéndome cómo follarla es adictivo. Ella empieza a jugar con sus pechos, pellizcando sus pezones.

"Aquí," dice. Toma mi mano y la lleva a sus senos. Yo empiezo a darle vueltas a un pezón adelante y atrás entre mis dedos.

"Sí," dice, y abre más sus piernas. Me gusta verla así, desnuda, desparramada, y rogándome que le de placer. "Mi punto G," dice ella, con voz agitada. "Toca mi punto G."

Me muevo un poco y trato de tocar la zona esponjosa dentro de ella, haciendo un gesto de *ven aquí*. En segundos, ella está agitando sus caderas contra mi rostro, cubriendo su propia boca con su mano para evitar hacer ruido.

Emma está tan a punto de acabar, que puedo saborearlo y sentirlo. Bajo el ritmo de mis movimientos, dejando quieta mi mano. Quiero sentirla acabar en mi pene, por muy codicioso que sea. Beso su muslo, y ella hace un sonido de frustración.

"Por dios, levántate y fóllame," dice, con enojo en sus palabras.

"Creo que te está empezando a gustar decirme qué hacer, y mucho," me burlo, bajándola. "Voy a tomarte por la espalda, y tú vas a quedarte callada. ¿Está bien?"

Los ojos de Emma se ensanchan y ella asiente.

"Buena chica." Paso un segundo quitándome la ropa, y volviendo a estar de rodillas. Emma muerde su labio y admira mi hinchado pene. Se acerca para tocarlo, pero yo lo aparto.

"Ah-ah," le digo, meneando mi cabeza. "Yo estoy a cargo ahora. Ponte sobre tus manos y rodillas."

Ella se pone en cuatro, mirándome por encima de su hombro. Su trasero y vagina están ahí, esperándome. No puedo decir que haya tenido una mejor vista.

"Fóllame ahora," ordena ella.

Le doy una nalgada, fuerte. "Silencio. Un ruido más y te castigo."

La excitación que veo en sus ojos por mis palabras es demasiado para mí. Tomo sus caderas, acomodando mi pene en su entrada, y la penetro fuerte con un golpe ahogado.

"Oh, dios," susurra ella. Le doy otra nalgada, y luego tiro un poco de su cabello.

Mi longitud presiona fuerte contra su punto G y su clítoris empieza a palpitar. Mientras comienzo a agarrar mi ritmo, ella se retuerce.

"Espera," dice ella, y yo me detengo de inmediato. "Así."

Emma me empuja sobre mi espalda. Se levanta sobre sus rodillas y sienta sobre mis muslos con mi pene muy dentro de ella. En éste ángulo, la presión contra su punto G es demasiado para que alguno de nosotros aguante.

"Más duro," susurra ella, y yo lo hago lo suficiente para hacerla gritar. Una de mis manos baja hasta su clítoris, y la otra pasa por sus pechos.

Ella es tan perfecta y tan apretada así. Empiezo a hacerla rebotar mientras estimulo cada parte sensual de su cuerpo. Succiono la delicada piel de su cuello, necesitando algo más para distraerme de lo bien que se siente su cuerpo contra el mío.

"Emma," le susurro en el oído. "Mierda, te sientes tan bien."

"Hazme acabar," dice ella, aunque puedo adivinar que está a punto. Empiezo a darle más duro.

"Hazme acabar," ordena de nuevo, bajando su cabeza. "Mierda, Jameson. Por dios, sí. Justo así."

"Estoy a punto," le digo, tratando de pensar en otra cosa menos en lo mucho que quiero acabar dentro de ella.

"Déjame acabar contigo," dice ella. "Acaba dentro de mí."

"Emma—'"

"¡Acaba junto a mí!"

Con un último chasquido de mi húmedo dedo contra su clítoris, muerdo su cuello y la golpeo sobre mi pene.

"Maldición, Jay," grita, apretando y temblando. La prisa de mi orgasmo explota dentro de ella, con mi pene propulsando gruesas ráfagas de semen. La presiono al límite. Ella me llama y acaba fuertemente sobre mí.

Por un minuto, nos quedamos así, recuperando el aliento. Luego escucho vagas voces a lo lejos, y ella empieza a apartarse de mí.

Yo la traigo, besándola con fuerza. "Esto no acaba."

Emma golpea mi pecho juguetonamente, apresurándose para volverse a vestir. Yo lo hago también, pero nunca le quito los ojos de encima. Ella simplemente es impactante, sin importar qué tanta ropa se quite o se ponga.

Las voces se acercan. Mientras subo mi cierre, Forest y Maia aparecen en el claro, con Maya riendo. Las manos de Forest están en las caderas de Maia, y Maia tuvo que empujarlo forzadamente cuando nos vio.

"¡Oh!" dice Maia, sonrojándose.

"¡Uh, aquí están!" dice Forest. "Ehm... vinimos a buscarlos."

Emma arquea una ceja. "Lo hicieron, ¿no? Bueno, aquí estamos."

Miro a Forest, y él hace contacto visual conmigo. Algo pasa entre nosotros, de hermano a hermano, y ambos abrimos nuestros ojos. Forest definitivamente está teniendo sexo con Maia, o al menos lo intenta. Al mismo tiempo en que me doy cuenta de qué está haciendo, Forest imagina que Emma y yo hemos estado haciendo algo más que sólo hablar.

Todo es silencio por un momento mientras nos damos largas miradas. Algo de *¿cómo pudiste hacer eso con ella?* Mezclado con algo de *por favor no le digas.*

Maia aclara su garganta. "Ehm, ya que los encontramos... ¿por qué no regresamos juntos a la playa?"

Yo miro a Forest. "Ustedes vayan adelante. Yo, ehm... necesito hablar con Forest sobre... cosas de chicos."

Maia y Emma me lanzan miradas perplejas.

"¿Ah, sí?" dice Maia.

Forest tose en su mano. "Erhm... sí. Está bien, ya las alcanzaremos... pronto. O como sea."

Emma toma a Maia de la muñeca, llevándola hacia el estacionamiento. "¡Okey, nos vemos luego!"

Maia mira a Forest, pero se deja llevar y se retira. Me quedo mirándolas hasta estar seguro de que se fueron, y luego miro a Forest.

"No puedes decirle a nadie sobre—" empiezo, luego me censuro. "Emma y yo sólo charlábamos."

Forest cruza sus brazos. "No digas tonterías."

"¡Hablo en serio!" Miento. Nunca les miento a mis hermanos, como regla, pero ahora no me siento mal por ello. "¿Y qué hay entre tú y Maia? Te vi, con tus manos en sus caderas."

Forest parece algo avergonzado. "No pasó nada."

Nos quedamos mirando por unos segundos, y luego Forest menea su cabeza.

"Como sea. Sólo necesito saber que no se lo dirás a nadie. En especial a Gunnar."

Entrecierro los ojos. "No hablaré si tú no lo haces."

Él extiende su mano, y nos damos un apretón.

"Trato," dice. "Ahora, ¿podemos por favor regresar a la playa y nunca hablar sobre esto?"

"Te sigo." Yo sigo a Forest por el camino, de regreso a la playa, perdido en mis pensamientos.

22

EMMA

Mientras estoy acostada en mi cama, escucho los pesados pasos de Jameson en el pórtico frontal. Me levanto. Tenemos cosas serias de qué hablar.

Cuando él abre la puerta de mi cuarto, yo cruzo mis brazos e inclino mi cabeza.

"No pensé que aparecerías esta noche," le digo.

Él cierra la puerta detrás de él. "Aún así, aquí estoy."

"Tenemos que pensar en qué decirle a la gente," le digo con firmeza, frunciendo mis labios. "Forest y Maia lo saben. Es sólo cuestión de tiempo antes de que los demás lo sepan, incluyendo a Asher."

Jameson menea su cabeza lentamente. "No estoy interesado en eso."

Él se acerca a un lado de mi cama. Me siento como si me acosaran.

"¿Qué quieres de mí, Jameson?" pregunto, casi sin aliento.

"Tú sabes lo que quiero."

"No," digo, y meneo mi cabeza. "Jameson—"

El cierra la distancia entre nosotros con facilidad y toma el borde de mi blusa. Con un simple tirón, los botones salen volando para revelar mis senos desnudos. Yo jadeo en su boca, pero no me resisto. No, me gusta mucho que él haga eso.

"Sin brasier, ¿eh?" dice mientras desliza su lengua desde mi boca hasta mi quijada. "Parece que esto es lo que tú querías."

"No, yo—"

"Shh," dice.

Él me levanta hasta que mis pechos están en su rostro. Mis manos descansan en sus hombros mientras toma uno de mis duros pezones con sus labios, succionando lentamente. Yo grito, sintiendo cada tirón de su boca más abajo en mi cuerpo, como si mi pecho y mi clítoris estuvieran conectados.

Mientras él me baja, me besa desde mi cuello hasta mis labios. Cuando regresa mis pies al suelo, mi cabeza sigue levantada, ansiosa por más.

"Quítate los shorts."

Empiezo a deslizar primero la blusa de mis hombros.

"No, sólo los shorts. Deja la blusa y las botas puestas. Y quítate tus panties—si es que llevas puestas."

Lo miro, algo curiosa, pero sigo sus instrucciones. Jameson no se sorprende ver que no lleve nada bajo los shorts. Se sienta en la cama y me trae con él.

Los bordes de mis labios ya están hinchados, húmedos con el deseo. Jameson me levanta sobre él, y besa mi estómago. Sus dedos exploran con gentileza la carne entre mis muslos. Él hunde sus dedos en mi vagina, haciéndome jadear.

Luego se retira, chupando lentamente sus dedos. "Pegajosa, dulce, y lista para mí. Qué buena chica."

Jameson traza sus dedos de vuelta a mi vagina, follándome lentamente con ellos de nuevo. Él me mira a los ojos mientras lo hace, y cuando empiezo a sentirme excitada, él muerde su labio.

"Mira esto," dice, y me muestra lo húmedos que están sus dedos.

Lentamente, separa su pulgar y su dedo medio. Mi humedad colgaba de sus dedos, creando un hilo. Yo me sonrojo y muevo mi cabello detrás de mis oídos.

Desearía tener algo de la confianza que tenía en la playa, pero Jameson no parece importarle mi docilidad.

"Aquí," dice, y se acuesta en la cama. Jameson coloca una almohada bajo su cabeza. "Siéntate," dice, y hace el gesto con su boca. "Justo aquí."

"Jameson, yo—"

"Siéntate."

"Realmente yo—"

"¡Hazlo ahora!" ladra. "O te castigaré de formas que ni te imaginas."

Siento cómo empieza a arder mi rostro mientras me acerco a él, con mis rodillas temblando. Me monto sobre su rostro con torpeza, apartando la mirada de él. Soy tan pequeña que no hay más de un par de centímetros entre mi vagina y su boca.

Aún así, me contengo. No bajo hasta su boca, por lo que Jameson cierra la distancia lanzando su lengua hacia mi centro. Eso basta.

Yo tiemblo y suelto un gemido mientras bajo hasta su rostro. Me reacomodo, inclinándome un poco al frente. Él dirige mi clítoris a su lengua, y yo suelto un gemido mientras él mueve su lengua sobre mi sensible carne.

Jameson toma mi trasero mientras pongo las manos en mis muslos y empiezo a montar su rostro. Él mira mis senos rebotando por encima de su cabeza, con los pezones duros, mientras que yo ocasionalmente pellizco y tiro de ellos.

Cierro los ojos mientras monto su rostro, concentrada únicamente en el placer que él me da.

Cuando me muevo un poco, ofreciendo mi vagina, él hunde su lengua tan dentro de mí como puede. Él gruñe, luciendo encantado por mi sabor. Mientras me penetra con su lengua, yo jadeo y me balanceo contra su boca.

Jameson sujeta mi trasero con más fuerza. Su lengua se dirige al borde de mi trasero. Yo grito su nombre mientras él rodea el tenso punto de mi entrada.

Cuando se vuelve muy intenso, yo me inclino hacia adelanta y le presento mi clítoris de nuevo.

"Ya casi," le digo. "Jameson, voy –"

"Acaba en mi rostro," dice. Él apenas logra decir las palabras antes de que explote en un torrente.

"¡Jameson!" grito. "Jameson..."

"Sabes tan bien," murmura, con sus manos alrededor de mis muslos para mantenerme cerca. Yo jadeo y me quedo sentada en su rostro, moviéndome en círculos pequeños.

"¿Y qué hay de ti...?" pregunto, distraída por la sensación de sus labios contra mi muslo.

"No lo sé. Esto está bien..." dice con pereza.

Yo meneo mi cabeza, apartándome de él.

"Quiero más. Quiero sentirte dentro de mí," le digo. Me inclino y paso mi mano por el borde de su pene a través de sus pantalones. "¿Qué puedo hacer para que suceda?"

Él sonríe, haciendo una mueca mientras me besa. Luego se pone serio, y puedo sentir el cambio de tono.

"Ponte sobre mí," dice. Él empieza a desabrochar su cinturón, bajando sus pantalones. Yo sonrío al ver su pene salir de su pantalón. "Móntame."

Las ganas son casi insoportables. Me pongo sobre él, tomando su pene y pasando mi pulgar por la punta, húmeda por el fluido preseminal. Yo arrugo una ceja mientras lo guío hacia adentro, aún sensible por montar su rostro.

Él se siente increíble, llenando cada centímetro de mí hasta que no puedo soportarlo más. Miro su rostro mientras él entra cada vez más, y su expresión es casi admirable.

"Maldición, se siente bien," dice, con sus oscuros ojos. Yo me aparto un poco, levantándome de nuevo. Él me agarra de la cintura, empujándome hacia abajo. Grito mientras él me llena, apretando su pene.

Él hace un sonido ahogado.

"Quédate ahí," susurra. "Sólo quédate así un minuto."

Jameson está completamente dentro de mí, y cada instinto en mí me dice que me mueva. Que rebote en su pene, que lo folle, que lo monte hasta que me llene con su semen. Pero esto, esta cercanía, sobrepasa todo lo demás.

Mi sensibilidad se desvanece. Pongo mis manos en su pecho y empiezo a retorcerme, con mis zapatos clavándose en los costados de sus piernas. Técnicamente hago lo que me dice, pero es mucho más obsceno que eso.

"Maldición, tu cuerpo es tan perfecto. ¿Quieres follarme?" pregunta.

Lo miro a los ojos, mordiendo mi labio y asintiendo.

"¿Volverás a acabar para mí?"

"Sí," digo, casi sin aliento.

Continúo presionándolo, más duro y más dominantemente. Él aún no me deja mover, exactamente.

Jameson está a punto de explotar. Puedo notarlo por el hecho de que está apretando sus caderas un poco cada vez que me muevo sobre él.

"¿Qué tanto lo deseas?" pregunta, pasando su mano por mi cabello. Él lo agarra con fuerza, dándole la ilusión del control.

"Más que cualquier otra cosa," jadeo.

"Pídelo amablemente," dice mientras pasa sus dedos por mi muslo, haciendo que tiemble.

"Déjame follarte," le digo.

"¿Me follarás bien, como una buena chica?" pregunta.

Tomo pausa, pero sólo un segundo. "Sí."

"Dilo entonces."

"Te voy a follar como una buena chica," le digo. Mis jugos empiezan a cubrir su pene. "Vamos..."

"Dilo una vez más," dice. Con toda su fuerza, me presiona duro contra él. "Dime quién está a cargo."

"Tú estás a cargo," gimoteo. "Te follaré bien, como una buena chica."

"Adelante."

Él suelta mis caderas. Yo me pongo salvaje, con mis aullidos interrumpidos por los golpes mientras lo monto. Froto mi clítoris contra su tenso estómago.

Justo cuando lo siento liberarse dentro de mí, suelto ese grito ahora-familiar de mi propio orgasmo.

"Qué rico," susurro, una y otra vez. "Jameson, se siente muy bien."

Me quedo encima de él hasta que cada ola de mi orgasmo se ha desvanecido. Aún seguimos en contacto cuerpo a cuerpo cuando me siento, mirándolo. Mi voz es suave cuando por fin le digo algo.

"Tenemos que resolver este asunto," le digo.

Jameson me besa, fuerte, profunda y lentamente. Puedo sentirlo volver a ponerse duro mientras está dentro de mí.

"Luego," insiste. Él toma mis manos, llevándolas detrás de mi espalda. "Te necesito, ahora."

Y como la tonta que soy, lo dejo salirse con la suya. Le gruño y me agito contra él, aún necesitándolo.

Creo que siempre lo necesitaré.

Él me da la vuelta, para quedar bajo su enorme cuerpo, y ambos nos volvemos a perder.

23

JAMESON

Me siento en el sofá, con la televisión encendida pero en silencio. Miro mi teléfono, y encuentro que son las seis de la tarde. Dejé a Emma en su casa esta mañana, con el acuerdo de que se bañaría y luego nos encontraríamos aquí.

Tengo preparada una cita real para nosotros, con un restaurante elegante y todo eso. Planeé algo morbosos y fantástico para esta noche, finalizando con un pequeño arsenal de juguetes sexuales recién comprados y ataduras esperándonos en mi habitación.

Aunque ahora, me empiezo a preguntar dónde está. Y eso en sí me incomoda... ¿cuándo empezó a importarme dónde está cualquier chica?

Ese es el problema. Emma no es cualquier chica. Ella se aferró dentro de mí, y creció como enredadera. Cada vez que lo pienso de más, mi corazón se contrae, un sentimiento que es más que algo incómodo para mí.

Aunado a mis pensamientos de ayer cuando estaba en la playa, tengo algo más de qué preocuparme cuando se trata de Emma. Ella se está volviendo un verdadero problema para mí.

Pero ella es un problema que no quiero dejar ir, lo cual es doblemente frustrante.

Mientras no sienta la palabra A-M-O-R- en mi mente de nuevo, debería estar bien. Por un tiempo, al menos.

Cuando escucho rechinar la manilla de la puerta del frente, me siento aliviado. No es que haya pensado que algo le hubiera pasado a Emma, ni el hecho de que estoy vagamente estresado porque no está frente a mí, donde puedo verla.

Me levanto y voy a la puerta, pensando que quizás ella se quedó por fuera. Cuando me acerco unos pasos a la entrada, la puerta se abre de golpe para revelar a un muy, muy borracho Asher.

Él me mira con ojos entrecerrados. Yo me retraigo, esperando que me vuelva a gritar como ayer. Pero él sólo se tropieza con sus pies, cayendo. Doy un paso al frente y lo atrapo, con el ceño fruncido.

Él está tan útil como un pez muerto, riendo como un idiota. "Estoy *borrrrasho*."

"Oye, oye," le digo, tambaleando por su inesperado peso. Me toma un minuto ayudarlo a recuperar su postura. "Estás muy mal."

Él se levanta, bamboleando hasta la sala. Cierro la puerta de enfrente, y lo acompaño, donde lo veo ponerse cómodo acostado en el sofá.

Camino detrás del mueble y le echo un ojo. Sus ojos están cerrados, con un brazo cubriendo su rostro. Podía estar dormido hasta donde sé.

"¿Estás bien?" le pregunto, aclarando mi garganta.

"Tengo que decirte algo," me dice, sin moverse ni un centímetro. Sus palabras son muy difusas.

"¿Es por eso que estás tan cargado ahora?" Asher normalmente no es del tipo bebedor. Puedo contar con una mano las veces que lo he visto así de borracho.

"Mmm. Nop," dice, meneando su cabeza bajo su brazo. "No-oh. Es sobre Evie y yo."

Me quedo quieto. "¿Disculpa?"

"Es una zorra, ¿sabes?"

Estoy muy confundido. "¿La Evie que trabaja en el Cure?"

Asher aparta su brazo de sus ojos. "Ob-obvio—"

Luego le da hipo. Trato de unir los puntos, pero ando perdido.

"¿Exactamente por qué es una zorra?"

Él suspira, hundiéndose más en el sofá. "Exacto. Ella me—" Se detiene, luego un hipo de nuevo. "Me dejó. A *mí*, Jameson. Es como si..."

Hace un sonido frustrado. "¿Quién se cree ella que es, como... como una celebridad? Psssh."

"Uhhh..." Ni siquiera sabía que estaban saliendo, a decir verdad. "No lo sé."

"Ese bebé se va a parecer a mí," dice. "Ya lo verás."

Ahora estoy más confundido. Antes de que pudiera formular otra pregunta, él entró en otro tema por completo.

"Jenna es también una grandísima zorra. Lo sé. Estaba tan molesto que me lo dijeras, pero ella era una zorra súper loca. Ni siquiera estaba tan sorprendido de que a ella le gusta—"Otro hipo. "Digo, trató de besarte. Ella sabía que tú eras como la persona más importante de mi vida, además de mi hermana. Malditas mujeres, todas están locas."

Hay muchas ideas en sólo una frase. Trato de apartarlas, de escoger una en qué enfocarme.

"Yo... espera, ¿tú sabías que Jenna mentía?"

Él hizo una trompetilla con los labios. "¡Ya lo sabía! Bueno... ella lo admitió."

"¿Entonces por qué te comportaste como un grandísimo idiota por tanto tiempo?" le digo, perplejo.

Él me entrecierra un ojo. "No quería que tuvieras razón. Ahora que no estoy casado, y Evie me abandonó. Y sólo tengo a Emma y a ti para hacerme compañía."

Me siento más incómodo, por la mención del nombre de Emma. "Escucha, Ash—"

Él se sienta de golpe, apuntándome con un dedo. "Debería estar feliz de tener a alguien como tú en mi equipo, Jay. Como—" Otro hipo. "Emma tiene que estar en mi equipo, ¿pero tú? Tú eres un buen sujeto. Digo, eres leal, y bueno. Y yo soy más o menos un bastardo."

De inmediato me siento muy avergonzado de mí mismo, de corretear por ahí con una chica a espaldas de Asher. Emma no es cualquier chica para mí, claro... pero tampoco lo es para Asher.

¿Cómo pude dejar que esto pasara? ¿Y con Emma, la única persona que Asher considera que cuida más que a mí?

Estoy más que muerto. Estúpido, y muerto.

Asher lucha por mantenerse de pie, ignorando por completo cualquier angustia interna que estoy enfrentando. "Voy a vomitar."

Él sale corriendo hacia el baño, y yo lo sigo, sintiendo toda clase de culpa. Tiemblo mientras él vomita por un rato, ofreciéndole toallas cuando las necesita.

Escucho la puerta de enfrente abrir, y salgo apresurado del baño para entrar a la sala. Veo a Emma, bañada y oliendo a limones, y pongo un dedo en mis labios.

"Asher está aquí," gesticulo.

Sus ojos se abrieron de par en par, y empieza a retirarse de la casa. Le pongo una mano en su brazo, haciendo gesto de que espere afuera por unos minutos.

Yo regreso al baño, donde Asher parece haber terminado de vomitar. Él descansa su cabeza en el inodoro, pero imagino que ya terminó.

"¿Asher? ¿Listo para ir a tu cama, amigo?"

Él asiente, casi totalmente dormido. Me toma mucho esfuerzo, pero lo levanto. Paso una mano por su cintura y lo llevo a su cama. Él ni siquiera se da cuenta cuando le quito los zapatos y le apago la luz.

Cuando salgo de su habitación, me voy camino a la puerta de enfrente. Abriéndola con un crujido, miro hacia afuera. Miro a Emma ahí, cabizbaja, mirando su teléfono. Su cabello oscuro cae sobre sus hombros. Ella está mordiendo su labio inferior, obviamente ansiosa.

Quiero ir a ella, consolarla. Mi instinto me dice que vaya a por ella, que la agarre, y que le dé un largo y lento beso.

¿Pero qué resolverá eso? Asher seguirá siendo su hermano. Ella sigue estando fuera de los límites. Y no me hagan empezar con todas las demás razones por las cuales lo nuestro no funcionaria.

Aun así, eso no me hace desearla menos.

Tengo que terminarlo. Sabía que tener sexo con Emma me metería en problemas, y aquí estoy ahora. En un serio problema. Aun así, tengo que hacer lo correcto.

Y lo haré... incluso si eso me mata un poco por dentro.

Pero no esta noche. Una última noche juntos no matará a nadie, ¿o sí?

Ella siente mi presencia, y se da la vuelta. Yo abro la puerta.

"Oye," me dice suavemente. Me sonríe, y por apenas un segundo, siento esperanza.

"Voy a buscar mis cosas. Tu hermano está durmiendo aquí, así que creo que deberíamos quedarnos en tu casa." Sonrío vagamente, pero se siente falso.

Ella inclina su cabeza ante lo extraño de mi tono, pero se encoge de hombros. "Okey."

"Okey. Ya vuelvo."

Cierro la puerta, tomando un segundo para inclinarme contra ella.

Tengo que terminar las cosas hoy, y no sé cómo lo haré.

Preparándome mentalmente, voy a empacar mis cosas.

24

EMMA

Tuvimos sexo hasta el amanecer. Jameson parecía inusualmente dominante y posesivo, llevándonos a los límites de la cordura. Y estoy tan feliz de estar con él, de besarlo y abrazarlo... incluso de ser maltratada y castigada por él...

Lo amo. Tal parece que no puedo tener suficiente de Jameson.

Después de eso, agotados y somnolientos, me quedo dormida en sus brazos. Duermo a ratos, moviendo los brazos y volteando el cuerpo. Incluso en mi sueño, sé que algo no está bien. Y por mi vida, no puedo imaginar qué es.

Mientras los primeros rayos de la mañana entran por la ventana, yo salgo de la cama. Cruzando desde el pasillo hasta el baño, me siento y orino. Miro la pequeña caja plástica de gavetas rosada que Evie insistió en poner cuando nos mudamos aquí.

"Es para guardar nuestras necesidades," dijo ella. Ella bajó su voz a un susurro. "Tú sabes, nuestras necesidades de *damas*."

Sonrío por eso. Aparentemente ella piensa que necesitamos esconder nuestros tampones y toallitas en nuestro propio baño. Me levanto, camino a lavarme las manos. Abro la llave, paso mis manos por el agua, y luego me detengo.

Mirando por encima de mi hombro, veo la gaveta. Ha pasado un tiempo desde que he necesitado usar lo que sea que haya dentro de la caja. ¿Hace cuánto que fue eso?

Cierro la llave, limpiando mis manos con una toalla. Haciendo la misma matemática en mi cabeza, me doy cuenta de que han sido... casi siete semanas desde mi último período. Y he estado durmiendo con Jameson por... casi un mes...

"Mierda." Me miro al espejo. "No hay forma de que... tú definitivamente no..."

Vuelvo a hacer los cálculos, y me muerdo el labio. Podría ser el estrés de los exámenes finales. O podría ser un estrés secreto por la presión de no dejar que Asher sepa sobre mi relación con su mejor amigo. Eso también podría ser un factor, definitivamente.

También podría no ser nada.

Abro las gavetas, hurgando, esperando encontrar una prueba de embarazo. Claro que no hay; ambas mujeres en esta casa estamos en control de embarazo, hasta donde sé.

Muerdo mi labio. Probablemente esté sobreactuando por nada. Aun así... me sentiría mucho mejor si me hiciera una prueba, sólo para estar segura. Saliendo del baño, decido ir a la farmacia lo más pronto posible. Mejor que llevar ese pensamiento a la cama, en cualquier caso.

Una vez que llego a mi habitación, sé que algo está pasando con Jameson. Él está sentado a un lado de la cama, totalmente vestido, cabizbajo. Cuando me mira, su expresión es tormentosa.

Cierro la puerta detrás de mí. "Jameson, ¿qué ocurre?"

Él toma aliento. "No quiero verte más, Emma. O... no lo sé. No puedo."

Mis cejas se levantan de golpe. "¿Qué? ¿De qué hablas?"

Él se levanta, caminando el estrecho espacio al lado de la cama.

"Hablé con Asher ayer."

Retrocedo. "Pensé que seguía sin querer hablar contigo."

"Pues cambió de parecer."

Pongo mis manos en mis caderas. "Eso está bien, pero no tiene nada que ver con *nosotros*."

Jameson me mira, con sus ojos oscuros. "Se suponía que no debía convertirse en esto... esto... sea lo que sea, que hay entre nosotros. No se suponía que pasara."

Lo miro fijamente. "Y aun así, pasó. Aquí estás, en mi cama."

Él pasa sus manos sobre mi rostro por un segundo, claramente frustrado.

"No debí dejar que pasara."

"Pero lo hiciste."

"¡Y estoy tratando de deshacerlo!" grita. "Trato de salvarnos, Emma, por el amor de Dios, ¿no lo ves?"

"Lo siento pero, ¿dijiste que estabas tratando de salvarnos? ¿Salvarnos de qué?"

"Emma..." dice, apretando la quijada. "No tenemos nada en común. Ni siquiera estamos remotamente conectados, excepto por mi *mejor amigo*. Y ayer él me recordó—"

"¡¿¿Te recordó??!"

"¡Sí! ¡Me recordó el hecho de que ha estado para mí cuando a nadie más le importaba una mierda si vivía o moría! Él me ayudó cuando no tenía a nadie más. Yo... yo le *debo*, y en grande."

"¡Eso no significa que le debas la vida!" digo, cansándome más. "¿Cuándo saldarás tu deuda, Jameson? ¿Ah? ¿En cinco años más? ¿Diez? Dime, ¿cuál es tu plan, exactamente?"

Veo un destello de dolor en sus ojos. "No hay casi nada a lo que no renunciaría si él me lo pidiera."

"¿Y soy una de esas cosas? Tú no puedes sólo... sólo decidir dejar de estar en una relación—"

"¡¡Nunca estuvimos en una relación!!" sisea. "Al menos tuvimos un amorío. Y ahora, se *terminó*."

Mis ojos se llenan de lágrimas. Habla en serio. Esto no es sólo otro de esos momentos de *realmente no deberíamos*.

"¿Quieres irte?" le digo, controlando mi voz para evitar gritarle. "Ahí está la puerta. Nada te detiene."

Su expresión se endurece. "Es mejor así."

"Púdrete," le susurro, apartando la mirada mientras las lágrimas empiezan a caer por mis mejillas, cálidas y húmedas. Las quito con el dorso de mi mano. "Hablo en serio. Vete al infierno, Jameson Hart."

Él duda por unos momentos, y luego menea su cabeza. "Es mejor que lo haga de esta forma a que—"

"¡*Fuera*!" le grito. "¡No quiero más explicaciones! ¡Sólo vete!"

Él abre la puerta de mi habitación, con la expresión en su rostro más seria que he visto jamás.

Y me quedo en mi habitación, sola, llorando por él.
¿Qué voy a hacer?

***

SUPLÍCAME

—¿Por qué estás aquí, Aiden?

Esta es la cabaña de nuestra familia, donde compartimos recuerdos con mamá y papá, no un lugar para concretar negocios —preguntó ella en la puerta, lista para irse a nadar. Su hermanastro le dio una mirada de regaño mientras camionaba y entraba al vestíbulo de la multimillonaria cabaña.

—No quiero tener que decírtelo de nuevo, Reagan. Sabes muy bien por qué estamos aquí. Este es el mayor trato de mi maldita vida, de nuestras vidas, y tenemos que cerrarlo. Vas a cumplir con tu parte... ¡sin preguntas! ¿Comprendes?

Sus ojos miraron hacia el suelo para evitar el contacto con la mirada enojada de él. Odiaba ser un peón en los negocios de su hermano, odiaba ser usada como un bien, pero al final, siempre lo aceptaba. Entró en la habitación que tenía ventanas desde el piso hasta el techo y miró hacia el impactante lago que había más abajo.

Reagan Kade, normalmente, no practicaba la lujuria con los socios de negocios de su hermano, aunque él suponía que los hombres estaban tan excitados y distraídos con ella que los convencería más fácilmente para firmar sociedades. Era un trato que había comenzado hacía solo un año.

"Regla número uno: siempre obtén el mejor provecho de tus bienes, Reagan", diría su hermano. "Sus bienes" eran su aspecto y su cuerpo, que se destacaban particularmente. Reagan tenía curvas lujuriosas y grandes senos, que siempre atraían la atención de hombres y mujeres, y podría pasar como una modelo de pasarela gracias a su extrema belleza. Cuando los socios de su hermano quedaban hipnotizados ante sus tetas alegres, siempre perdían la concentración en todo lo relativo al negocio. Al principio, no había sido así. Aiden siempre le pedía a Reagan que estuviera presente durante las reuniones, hasta que ella se cansó y manifestó su descontento, diciéndole que no sería más su juguete. Una noche, él la sentó y le dio un ultimátum: o ella servía como distracción o estaría fuera del negocio familiar que él controlaba. Para Reagan fue una decisión fácil, en definitiva no estaría lastimando a nadie y no había necesidad de contacto físico. Desafortunadamente, no tuvo opción.

Sin embargo, este fin de semana era diferente. Ambos normalmente se quedaban en la mansión de la familia en La Jolla, California, pero cuando Aiden le dijo a Reagan que viajarían al lago Tahoe para alojarse en la cabaña de la familia, ella comenzó a sospechar. La cabaña no era un sitio para negociaciones, solo era un lugar de recuerdos y anécdotas familiares. Lucas Ferris se quedaría con ellos durante el fin de semana para hablar de negocios, así que Reagan tendría que actuar como anfitriona.

Una vez allí, su hermano Aiden hizo un gran alboroto por sus ropas y eligió las que ella usaría durante el fin de semana, algo que era completamente fuera de lo común. Sin embargo, Reagan no discutió.

Cuando su madre, Carey, se volvió a casar, ella solo tenía diez años y amaba a su nueva familia, especialmente a Aiden, su hermano doce años mayor. Aiden y su nuevo padrastro, Sean, siempre la habían tratado como si fueran de la misma sangre, desde el comienzo. Carey y Sean fallecieron hacía dieciocho meses en un accidente automovilístico. Reagan quedó destruida y aterrorizada. Ya había perdido a su padre biológico cuando era una bebé, y ahora solo tenía a su hermanastro mayor para cuidarla. No obstante, eso no sería un problema ya que Aiden había heredado la compañía multimillonaria de desarrollo de tierras. El mayor miedo de Reagan era estar sola, sin familia, y le juró a Dios que eso no sucedería.

El señor Ferris no era como los otros hombres de negocios que su hermano usualmente invitaba a la casa. Sus socios de negocios, por lo general, eran mayores, gordos y estaban listos para desplomarse o, al menos, ya tenían un pie en la tumba, pero Ferris no parecía mayor de treinta años. De acuerdo, quizás treinta y cinco. Reagan lo había visto un par de veces en su hogar en California; estaba muy en forma, era musculoso y tenía el cabello negro lo suficientemente largo como para poder delizar las manos. Mediría, al menos, un metro noventa y tenía un aspecto perfecto para el sexo. "Apuesto" no alcanzaba para describir su apariencia, con ese bronceado profundo y esos ojos ardientes que eran orbes de un azul oscuro.

Reagan se percató de que era extraño; él no parecía estar ahí por negocios, además, ¿quién demonios traía un guardaespaldas? —Dios mío, el tipo parado afuera parecía un gorila enorme—. Ella había estado observando al señor Ferris desde que habían llegado y ni él ni su hermano habían hablado sobre negocios ni habían visto ni un solo papel. Después de pensarlo en eso, solo se encogió de hombros.

El hermoso día se convirtió en noche y Reagan notó que el señor Ferris también había estado observándola. Algunas veces, parecía que él la estaba devorando con sus ojos y ella no podía evitar notarlo. Cuando se volteó a mirarlo nuevamente, notó que él no hizo ningún esfuerzo para esconder su mirada que estaba puesta en cada centímetro de ella. Una sonrisa diabólica apareció en sus labios y él inclinó su cabeza un poco. Reagan lo encontró halagador, pero al mismo tiempo extraño y perturbador.

Después de una cena tardía, pasaron al salón familiar, y su hermano y el señor Ferris se sentaron y comenzaron a conversar, mientras Reagan les servía otra ronda de bebidas detrás del bar. Sus ojos miraban frecuentemente a los dos hombres, pretendiendo estar en su juego, pero ella estaba totalmente exhausta y solo quería irse a la cama. Después de alcanzar los tragos a los dos hombres, regresó al bar para admirar el físico del señor Ferris mientras se levantaba y se estiraba. Sus ojos fueron a sus amplios hombros, y luego a su cuello, posteriormente fueron a su cara, y se asombró al ver la intensidad en sus ojos mientras le devolvía la mirada. Él lucía como un animal listo para atacar a su presa y, un segundo después, la inquietante mirada desapareció como si no hubiera existido y fue reemplazada por una sonrisa genuina que hizo que el corazón de Reagan se acelerara y ella comenzara a sentirse muy incómoda.

Reagan se volteó en su asiento para evitar el contacto. ¿Qué diablos le sucedía? Estaba acostumbrada a que los hombres la miraran, pero esa mirada... la mirada de Lucas era diferente. Era casi depredadora y eso la asustaba porque seguía siendo virgen y acababa de cumplir diecinueve la semana pasada. No estaba muy acostumbrada a las emociones sexuales. Si bien había salido con varios chicos en la universidad, sabía que la querían por su dinero o por su cuerpo, y no iba a entregar su maldita virginidad a un chico de fraternidad que no tenía idea lo que hacía. ¡No! Estaba guardándose para el hombre adecuado. Un hombre que la deseara realmente y nada más. Quería que su primera vez fuera mágica y una noche para recordar por el resto de su vida. No era mucho pedir, pensaba.

Unos minutos pasaron y Reagan se volteó para mirar a su hermano y se le escapó un bostezo, sin poder evitar disculparse mientras los dos la miraban.

—Ha sido un largo día, hermana. Ve a la cama y te veremos por la mañana —dijo Aiden con una sonrisa.

—¿Estás seguro? —preguntó Reagan elevando una ceja y levantándose de su asiento. Advirtió que Lucas se levantó.

—Aiden tiene razón. Ve a descansar mientras nosotros seguimos conversando. Mañana será otro día —dijo el señor Ferris mientras le lanzaba un guiño. Reagan comenzó a subir por la larga escalera de cedro y se detuvo haciendo un giro.

—Buenas noches. Los veré en la mañana para el desayuno —dijo sonriendo. Mientras caminaba, escuchó que el señor Ferris dijo "duerme bien".

Cuando terminó de subir las escaleras, caminó por el pasillo hasta su habitación, cerró la puerta y se quitó la ropa, quedándose solo con una camiseta y en bragas. Después de pasar todo el día nadando y al sol, estaba totalmente exhausta. Solo dos días más y eso terminaría, pensó. Se metió en la cama, se cubrió hasta la cintura con la sábana y se durmió profundamente.

OTRAS OBRAS DE JESSA JAMES

Chicos malos y billonarios

La secretaria virgen

Estreméceme

Leñador

Papito

El pacto de las vírgenes

El maestro y la virgen

La niñera virgen

Su virgen traviesa

Club V

Esstrato

Desatada

Al descubierto

Libros Adicionales

Suplícame

Cómo amar a un vaquero

Cómo abrazar a un vaquero

Por siempre San Valentín

Anhelo

Malos Modales

ALSO BY JESSA JAMES (ENGLISH)

Bad Boy Billionaires

Lip Service

Rock Me

Lumber jacked

Baby Daddy

The Virgin Pact

The Teacher and the Virgin

His Virgin Nanny

His Dirty Virgin

Club V

Unravel

Undone

Uncover

Cowboy Romance

How To Love A Cowboy

How To Hold A Cowboy

Beg Me

Valentine Ever After

Covet/Crave

Kiss Me Again

Handy

Bad Behavior

HOJA INFORMATIVA

FORMA PARTE DE MI LISTA DE ENVÍO PARA SER DE LOS PRIMEROS EN SABER SOBRE NUEVAS ENTREGAS, LIBROS GRATUITOS, PRECIOS ESPECIALES, Y OTROS REGALOS DE NUESTROS AUTORES.

http://ksapublishers.com/s/c4

ACERCA DEL AUTOR

Jessa James creció en la Costa Este, pero siempre sufrió de un caso severo de pasión por viajar. Ella ha vivido en seis estados, ha tenido una variedad de trabajos y siempre regresa a su primer amor verdadero, escribir. Jessa trabaja a tiempo completo como escritora, come mucho chocolate negro, tiene una adicción al café helado y a los Cheetos y nunca tiene suficiente de los machos alfa sexys que saben exactamente lo que quieren y no tienen miedo de decirlo. Las lecturas de machos alfa dominantes y de amor instantáneo son sus favoritas para leer (y para escribir).

Inscríbete AQUÍ al boletín de noticias de Jessa
http://bit.ly/JessaJames

www.ingramcontent.com/pod-product-compliance
Lightning Source LLC
LaVergne TN
LVHW011828060526
838200LV00053B/3935